岸本葉子

60歳、ひとりを楽しむ準備

人生を大切に生きる53のヒント

講談社＋α《プラスアルファ》新書

はじめに

50歳を過ぎたあたりから私は、朝目覚めたときや夜寝る前仰向けになっていると、これからのことや残り時間が漠然と胸に浮かぶようになりました。ドキドキと鼓動が高まり「これが得も言われぬ不安というものか。あるいは更年期症状？」。

60歳は老後の入り口。老後といえば「不安」がほぼセットのようについてくるのではないでしょうか。

不安は解消したく、準備はします。年金をくり下げ受給にしたら一年の受給額が少しは増えると、60歳になって早々に手続きにいきましたし、介護付き高齢者向け住居の広告は熟読します。

しかし、してもしてもキリがないのがこれらの準備。年金生活になったとき入れる施設があるかどうかとか、そもそものとき意思表示できる状態だろうかとか……となり、「ここまですれば解消されます」と言えないのです。

老いていくのと、その先に人生のエンディングがあることは、逃れようなく確実です。でも、老いのプロセスがどのように進行するか、加齢に伴う衰えがいつどのように来るかは不確実。この確実さと不確実さのある限り、不安は根源的なものであり、完全に解消されることはありません。おおざっぱな言い方になりますが、準備はほどほどにするほかないのです。

その一方で楽しむ準備をしておきたい。好きなことを持つことで脳に何が起こるかは知らなくても、好きなことを持つ人が生き生きとしているのを、年長者の姿から私たちは感覚的に知っています。好きなことがあると、それを楽しみ続けるためにも、健康長寿への欲が出てくるのかもしれません。

オーストリアの精神医学者、ヴィクトール・フランクルはユダヤ人の強制収容所を生き延びた人です。ここで引いてくるのが申し訳ないほど過酷な体験をしましたが、どちらかというと虚弱な自分が生き延びられた理由のひとつに、どんな小さいものであれ明日の楽しみを持つことを挙げています。強制収容所に大きな楽しみがあろうはずはなく、ポケットの中に残してあるまだ吸っていない1本の煙草などです。それがある限り、死ぬわけにはいかなくなる。

私たちの日常からかなり離れた例になりました。が、不安をなくしてはじめて楽しめるのではなく、不安がありながらもそれはそれとして「楽しみを持つ」ことがいかに人を支えるかを、読みとることはできます。

好きなことがあっても、若い頃の私は「好き」と言えない人間でした。楽しそうにしているより悩んでいるほうが人間として奥深いような、端的に言えばかっこいいような気がしていました。

ヒット曲のカセットテープ（古い！）を持っていても、それに聞き入るところなどけっして人に見せませんでしたし、小花柄が実は好きでしたが持ち歩く化粧ポーチは黒の無地でした。

年を重ねるにつれ、好きを隠しているのが面倒になりました。小花柄の典型であるリバティプリントの服はよく身に着けますし、曲に合わせて体を動かすダンスフィットネスをしにジムへ通っています。ダンスについては、私を知る人は誰もが「意外！」と言います。自分でも意外です。もともとしていたわけではありません。リズム感は悪く、学校時代音楽も体育も成績はよくありませんでした。

50代も半ばを過ぎてから、ジムでたまたま参加したプログラムがダンスで、こんなに爽快なのかと驚きました。洋の東西を問わず人は、収穫のよろこびなどで高揚すると、おのずと手が舞い足が弾むといいます。踊りはエネルギーの原初的な発現なのかもしれません。

できないのに恥ずかしいと人に隠し続けていたら、自分に対しても好きな気持ちを隠すようになり、本当に好きかどうか、しだいにわからなくなっていったでしょう。それでは好きを見つけにくくなります。

できなくても、それまでの自分には合わなくても、堂々と好きと言いましょう。

さまざまな好きの中でもおすすめしたいのが、「書く」ことです。ひとりの時間を引き受けて年を重ねていくにあたっては、特にそうです。「引き受けて」の意味するところは、後述します。

まず道具がいらない。ダンスフィットネスでは、足への負担をやわらげるため靴がいりますし、音楽をかける機械もいります。趣味や稽古事の多くが、道具を揃えることからはじまるでしょう。

書くことにおいては、道具はすでにみんなが持っています。「言葉」です。

「語彙が少ないから」「文学的な表現とか言い回しとか知らないから」と尻込みされるかもしれません。それらは必要ありませんし、むしろ言葉探しのじゃまになることがしばしばです。どこかで聞いた、あるいは読んだ、難しげだったり含みの多そうだったりする言葉をパッと思い出してあてはめると、とりあえずかっこうがつくので、それでもう言えた気になってしまって、書くのを終わりにしてしまうことが、往々にして起こります。

私が勉強中の俳句では、そうした既存の言葉を入れて、できたつもりになって提出すると「はめ込みの言葉ですね」と批評されてしまいます。第2章で詳しく述べます。

考えを深めるとは、基本的には、平易な言葉にしていく方向だと思います。難しげな言葉が並び、読みづらい文章は、書いた人の掘り下げが足りないように、私には感じられます。

道具については、筆記用具はいります。パソコンやスマホといった電子端末より、鉛筆と紙をおすすめします。

それから場所がいらない。筆記用具さえあれば、自宅でも旅先でも、電車の中でも、入院中でも書けます。

道具と場所がいらないということは、お金がかからない。収入が減り、年金生活に入っていく上で、これはとてもだいじです。

相手がいらない。俳句では、後述のとおり仲間の存在がとても大きく、また、おのずと仲間ができていきますが、それでも仲間に読んでもらう前に句を作る段階は、ひとりです。

年を重ねると、ひとりの時間が長くなっていきます。退職でそれまでの人のつながりが切れ、家族と同居している人も子の独立、いずれは来る配偶者との別れ。移動がたいへんになり、友人や仲間と以前ほど頻繁には会えなくなるでしょう。

そのとき、ひとりが苦にならない、むしろひとりの時間を欲する「好き」があるのは、心強いです。

自分の意志とはかかわりなく訪れてしまうひとりを「非選択的孤独」、意志したひとりを「選択的孤独」と心理学者の諸富祥彦《もろとみよしひこ》氏は呼んでいます。ひとりになった事情はどうあれ、ひとりの時間を欲する好きを持つことは「非選択的孤独」を「選択的孤独」に変えます。「選択的孤独」は、その先の「孤独の達人」へのステップです（『孤独の達人　自己を深める心理学』諸富祥彦、ＰＨＰ新書）。

「私たちは、すべてが自分のためだけにある、完全に自由になれる、小さな、人目から隠された庵を確保しなければならない」。諸富氏が引き、私も好きなモンテーニュの言葉です（『随想録』）。書くことは、もっとも手の届きやすい庵と言えます。

書くことが苦でなくなると、困難に遭ったときの力になります。生きづらさを抱えやすい10代に日記を書いて救われていた方は、少なくないでしょう。成人してからも私は、何かふだんと違ったことが起こると、日記をつけました。エッセイをめぐる第3章で述べます。

生きづらさへの対処をメソッド化したもので、比較的新しく話題にされているものに、エクスプレッシブ・ライティングがあります。1986年にアメリカの心理学者、ジェームズ・ペネベーカーにより提案されたと聞いています。「筆記開示」と訳されているようです。もともとはトラウマへの対処を目的とし、より広く用いられるようになったといいます。

ストレスをもたらしている経験についての感情や考えを、他者に見せない前提で、一日15分か20分書くことを、3日もしくは4日続ける。それによって、抑うつが改善した、幸福感が増した、穏やかになった、感情が制御できるようになり自己効力感が増した、などの変化が見られたそうです（見られなかったケースもあります）。

私は40歳で病気をしたとき、予後の不安を克服したく、心のセルフケアに興味を持ちました。ある精神科医は、認知療法のひとつとして書くことを挙げました。

認知のありようは、ものの見方やものごとの受け取り方です。私たちの認知のありようにはそれぞれクセがあり、ものごとに出合ったとき瞬間的に浮かぶイメージや考えを、自動思考と呼びます。「いつもこうなる」「悪いことばかり起きる」といったログセのようなものといっていいかと思います。

書いてみると、その言葉が並んでいることに気づき、「本当にいつもだろうか」「いいことだってあったのでは」と疑ってみることができる。それをきっかけに、現実に即した、柔軟でバランスのとれた思考へと持っていくことができるのです。「筆記開示」もひとつの認知療法でしょうか。他者へ見せないものならば、開示する相手は自分です。

認知療法について聞いてから、その頃つけていた日記を読み直してみました。私の多用する言葉は「～しなければ」でした。ありたい自分、あるべき像を設定し、現実の私をそちらに合わせたいとの傾向が顕著です。それは向上心にもつながるので、あながち悪いとは言えません。ただ、無理やりそちらへ自分を引っ張っていく綱を、少し緩めるようにしました。ログセ、言い替えれば認知のクセは、ひとりでいると気づきにくく、正すきっかけがなかなかありません。書くことは、この面でもおすすめです。

困難に遭ったときを有事とすれば、平時にももちろん書くことはおすすめです。俳句の先生と本を作っているとき、俳句愛好家からこんな悩みが寄せられました。俳句を作りたいけれど、感動のない毎日です。俳句になるようなできごとなどありません。

先生の回答は次のようなものでした。感動は別にないけれど、俳句にしてみたら面白かった、そういうものを探すことを私は日々心がけている、感動のない毎日だからこそ、感動するために俳句を作る、そう考えてはいかがかと（岸本尚毅氏『ＮＨＫ俳句　あるある！お悩み相談室「名句の学び方」』、ＮＨＫ出版）。

エッセイを含めた書くことに広げても、あてはまりそうです。

たいていの人は変哲のない毎日を送っています。新型コロナウイルス感染拡大防止のための巣ごもり中は、まさしくそうです。特に最初の緊急事態宣言中は厳しくて、句会は中止、ダンスフィットネスに通っていたジムも休業、出かけるのは週1回のスーパーのみ。きょうだいや友人知人の訪れもなく、定期的に庭を剪定していた業者さんも入らず、仕方なく高枝切りばさみを買って、自分で切りました。その間家に来たのはヤモリくらいです。ひとり暮らしの私は、まる一日声を出さないことがざらでした。

楽しいか面白いかと聞かれれば、否ですが、そんな毎日でも書こうとすると、スーパーのレジがどうの、高枝切りばさみがどうのと浮かんできます。あのとき私はこう感じていたのか、こう考えられるかもと、どんよりした池の面をじっと眺めているうちに、泡がふつふつ上がってきて、水輪が重なり合い、しだいにかたちをなしてくるのと同じです。

書けることがあるから書くのではなく、書くうちに書けることになるのです。感動する「ために」書く、とまではいわなくとも、書くうちに面白くなり、書くことそのものが感動になるのです。

私の毎日に変哲はありませんが、退屈ではないです。

書くことそのものについて考えを述べる機会は、エッセイではなかなかないものです。それに適した表現形式でもないと思います。それがため、まえがきで長々と申し述べました。辛抱強くおつきあいくださり、ありがとうございます。

御礼を申し上げるとあとがきのようになりますが、ここからがはじまりです。この本はタイトルどおり、「楽しむ準備」のすすめです。年を重ねていく上で、ひとりを視野に入れる上で、特におすすめしたい楽しみとして、書くことを中心に置きながら、私の「好き」を語ります。

第1章は旅。介護が終わった50代半ばに再開してみて、若いときの旅の楽しみ方とは大きく変わりました。特に吟行、俳句を書き留めながらの旅の仕方は、かつての私にはなかったものです。具体的にどんな楽しみ方になったかを、ぜひお読みください。

第2章は俳句。まえがきでは書くこと全般について述べましたが、私が書く二大ジャンルのうちの、ここでは俳句、一生続けていくつもりの趣味についてです。40代半ばと、エッセイに比べて遅いスタートでしたが、遅かったからこその新鮮さ、エッセイに先になじんでいたからこその気づきがありました。約束事の多さから、エッセイより難しそうと思われがちですが、約束事に助けられる面もあり、とっつきやすいようにも思います。特に季語です。季語に親しむことは、老いることや時間についての、私の感覚も変えました。

第3章はエッセイ。俳句に出合うずっと前から親しんできました。こちらは趣味でなく仕事ですが、仕事として成り立たなくなっても、やはり一生続けていきます。この章では日記からエッセイへ進んでいくことのもたらす変化を考えます。エッセイと日記の相違は、読む人のいることです。読まれるために模索してきた技法も紹介します。

第4章は日々の暮らしにおける気づきをエッセイにしました。変哲のないできごとでも、書こうとすれば心が動きます。年を重ねると少しがっかりするできごともあるけれど、書くことで、がっかりしながらも自分の中の落ち着きどころを得ます。読者の方には「こんなことでも題材になるのか」と、あるいは第3章でご紹介した技法の実践例として「あの技法はこういうことか」「あの技法はここではうまくいっていないな」などと突き合わせをしていただいて結構です。

第5章は体の話。書くのは頭ではない、集中力、すなわち体力だなと、60歳になり、つくづく感じています。30年同じ仕事をしてきた私は、思うように働けなかったり、加齢に伴う不調に悩まされたりすると、とてももどかしいですが、好きを長く続けるためには、体とのつきあい方を覚えていかねばなりません。一方で新たに知った楽しみも。もちろんこれらも、題材や技法の例として読んでくださって結構です。

全体を通じて読者の方が、楽しみを見つけよう、候補のひとつに書くことも加えてみようか、という気持ちになっていただけたら、それ以上のよろこびはありません。

二〇二二年　三月

岸本葉子

60歳、ひとりを楽しむ準備　人生を大切に生きる53のヒント／目次

第2章　俳句、一生の趣味が見つかった

第3章　「私」の日々を綴って味わう

第4章　ひとり老後、明るくやりすごすコツ

第5章　「好き」を続けていくために

第1章　今したいのは大人の旅

絶景に合いにいく

胸のすくような眺めを前にし、心だけでものびのびしたい。そんな気分になったのは、新型コロナウイルスの感染が海外で広まってきた頃。国内ではまだ三密の回避やソーシャルディスタンスも、不要不急の外出や他県への移動の自粛も呼びかけられていなかったが、未知のものへの不安が、世の中をなんとなく被いはじめていた。

スケールの大きな眺めを求めて海外へ、などとはこの先も当分考えられないが、たとえば香川県は日本一狭い県ながら、絶景に恵まれていると聞く。旅のテーマは「絶景に出合いに」。これだ。

もちろん、うどん県と称する香川県、讃岐うどんもテーマである。高松空港に降りれば、あのタクシーか。天ぷらうどんの模型が屋根に載っている。「うどんタクシー」は空港からうどん店へと案内ののち、次の目的地まで連れていってくれる。移動の足の確保が課題のひとり旅には、とても便利。

タクシーはまず「手打ちうどん　たむら」に。この店は自分で探したらたぶん見すごしていた。ガレージを備えた民家のよう。半セルフ式で、ゆでてあるうどんを店主が丼に入れてくれる。それを、自分で柄つきざるを持ち湯にくぐらせ温めて、タンク状のサーバーからだしを注ぐ。

そのうどんのもっちり感といったら、粉もの好きにはたまらない。打ち立てのうどんを、10分ほどかけてゆで、水で締めておくそうだ。

五右衛門風呂のような鉄釜から、次のをちょうど引き揚げるところ。文字どおり釜揚げだ。地元の人はこれを食べたくて、わざわざゆだるのを待つという。千載一遇の好機。おかわりせずにいられようか。今度は生醤油をかけただけで。なんという旨さ。しょっぱなからこの幸運、よい旅になりそうだ。

さらに「めんや　七福別邸」へとはしごしてしまう。趣向を変えて、フルサービスの店だ。小上がりに落ち着けば、ほどなく運ばれてくる「金の釜揚げ」。桶に張ってあるのは湯ではなく、熱々のだしだ。うどんをすくうたび、いりこだしのふわっとした香りが鼻を包む。

丸亀駅でうどんタクシーとお別れし、見上げれば、遠くに白い天守が見える。丸亀城だ。石垣が、堀端の木々の緑を突き抜けてそびえ、てっぺんにある天守は、まるで空から誰かがちょこんとつまんで置いたよう。大手門にいらしたボランティアガイドさんによれば、日本一高い石垣に日本一小さな現存天守という。

精緻に組まれた石垣の角は、なだらかに反り、扇をほうふつとさせる曲線美だ。天守の最上階からは瀬戸内海が一望に。壁には銃を撃つための穴があり、かわいらしい城でも軍事拠点であったのだと感じた。

海に近い「うちわの港ミュージアム」へ。うちわはうどんと並ぶ讃岐名物、国内産の9割を占めるそうだ。江戸時代にこんぴら詣りのお土産として、丸に金の印の入った朱色の渋うちわが考案され、藩士の内職にも奨励されたという。実演では、柄の先を細かく割いて骨にしていく職人さんの技に見とれる。

うちわ作りの一部を体験した。骨に糊を塗って紙を張り、乾いたら骨ごと端を裁ち落とす。金属の型を当て木槌でたたくと、きれいに切れた。昔ながらの竹の骨はよくしなり、プラスチックのうちわにはない、やわらかな風を生む。

丸亀駅から電車で琴平駅へ。駅から徒歩の「御宿　敷島館」が今夜の宿だ。玄関は古式ゆかしい唐破風《からはふ》屋根だが、開業して半年余という。国の登録有形文化財だった老舗旅館の姿を、令和元年によみがえらせた。

宿のある通りがすなわち、金刀比羅宮への参道だ。江戸時代から「一生に一度は」と願う庶民が長い旅の末、着くこの地に、疲れを癒す温泉がわくとは、天の配剤の妙である。

翌日は朝からこんぴら詣り。赤いうちわや饅頭などの土産物を売る店が両側に並ぶ参道を上る。この石段、なかなか急だ。貸し出しの杖があるのも納得。

二層屋根の大門をくぐると、そこからは境内だが、御本宮はまだまだ先だ。旭社の青銅葺屋根に、若葉がまぶしく照り映える。

７８５段上ったところの御本宮は、屋根の正面と側面が同じかたちだ。宮司さんによると、遠くから拝む人のため四方とも正面にしたとのこと。そう、昔は旅に出るのもたいへんだった。御本宮は山の中腹に建ち、瀬戸内海を見晴らせる。海上安全の守り神なのは、船こぐ人の目印になるからだ。

お詣りのあとは境内の書院や宝物院で襖絵などを拝見し、カフェレストラン「神椿」でお昼。神社の茶処を、平成の大遷座祭の折に建て替えたそうだ。杜の緑と鳥のさえずりに心が洗われる。

琴平駅から電車を乗り継ぎ、いよいよ絶景めぐりだ。観音寺駅発のシャトルバス「ハーツシャトル」でまずは「銭形砂絵」へ。立て札の示すほうへと松林を抜ければ、土俵のような円形の盛り上がりがあり、中があちこち掘り下げられている。

山頂の展望台に来て、わかった。白砂青松の浜辺に、巨大なる寛永通宝が砂を固めて描かれているのだ。ナスカの地上絵よろしく、上から見てはじめて視野のうちにかたちをなすが、寛永通宝で宇宙人と交信できるわけはなく、不思議。江戸時代に藩主を歓迎するため造ったとの説もあるが、記録はなく、謎のままというのもすてき。

砂絵を含む一帯は、国指定の名勝、琴弾《ことひき》公園。世界のコイン館もあり、寛永通宝の実物にさわれる。

タクシーで足をのばし高屋神社へ。「天空の鳥居」と呼ばれるものが、標高404メートルの山の頂にあるという。車で行けるのは途中まで。その先の道は、ふくらはぎが張るほどの急傾斜だ。

登りきって息を吞んだ。石造りの鳥居の向こうは、たしかに空。反り返った両端が今にも羽に変わって、飛び立たんばかりだ。はるか下には、さざ波のごとくきらめく屋根屋根、広い海。吹き抜ける風は清々しく、汗が心地よくひいていく。徒歩の登りもこのためにあったと思える。

タクシーに戻り、最後に訪ねるのは「天空の鏡」、父母ヶ浜だ。引潮の際、浜にとり残される海水の溜まりが、波と完全に切り離されて平らになるとき、空を映し出すと聞く。浜に面した「カフェ・ド・フロ」でその時を待つ。

店内にはこの浜の海水を鍋で炊き続けてできたという、塩の結晶が飾ってあった。純白の正方形が積み重なり、上へ行くほど小さくなって、聖なる御殿のようである。自然の造型は、深い不思議を秘めている。ミクロの世界の絶景と言える。

時が来れば潮の溜まりと海とのあいだに一本の道のようなものができるのかと、私は思っていた。が、浜では人が写真を撮りはじめている。「天空の鏡」はもうできている？

浜へ下り、潮の溜まりの際《きわ》にしゃがんでみれば、夕暮れ近い雲の輝きが水面に映り、手にとれそうなそばに。視線を低くし水面に合わせることで、発見できる。股覗きをすると世界の見え方が一転するのと似ている。

私は悟った。絶景は待っていては出合えない。自分から迎えにいくものなのだ。奇跡といわれるものは、なべてそうであるのかも。

名残を惜しみつつ高松空港へ。ここしばらく旅はできまい。この2日のあいだにも感染拡大は聞こえてきていた。閉塞感に被われた日常になっていくだろう。その中でも、ものごとへ向ける視線をときどき少し変えてみるようにしたい。旅で得たいちばんのお土産である。

欲張りすぎない

思い立ったら旅へ行けるのは、人生のうちの限られた時期かもしれない。この頃よくそう思う。若いときは体力はあるがお金がなく、そのうち少し自由になるお金ができたら、今度は時間がなくなった。仕事の出張はしていたが、老親がいたので家のことが気になり、用事がすむや急ぎUターン。その頃行った町の多くは、空港ないし新幹線の駅と、用事のあった建物のみの記憶である。

そのひとつ鹿児島へ、介護が終わってから再び出張する機会を得た。今回は前後の仕事のやりくりさえつけば、大慌てで帰る必要はない。

東京からはなかなか行けないところだ。延泊して観光をすることにし、砂蒸し風呂で有名な指宿《いぶすき》の温泉ホテルを予約。

鹿児島中央駅から指宿へは列車で1時間足らずらしい。砂蒸し風呂が楽しみなので、チェックインタイムの15時早々にホテルに着くとし、それを前提に、旅の計画をどうするか。調べるとちょうどいい時間の列車があり、鹿児島市内を観光したあとそれに乗るのが順当な線だろう。

が、地図を眺めていて気づく。知覧《ちらん》が指宿と同じ方角にある。厳密には「同じ」でなく、三角形の二辺をたどる感じにはなるが、経由できそうな位置関係だ。知覧は昭和史の本で読んでいた。小京都のような趣ながら太平洋戦争では特攻基地があった町で、訪ねてみたいと思っていた。交通の便を調べはじめる。

鹿児島から知覧はバスで1時間15分、知覧から指宿が同じくバスで1時間。本数は多くないものの、うまく組み合わせれば、15時頃指宿着を動かさない範囲で、寄れるとわかった。知覧観光のめやすとされる時間に少し欠けるが、早足で回ればできなくはない。せっかく鹿児島まで行くのだ、この機会を有効に活用せねば。計画は定まった。

出発が近づくにつれ不安になる。計算上は可能だ。実際にもできるかもしれない。が、計2時間15分のバス移動。疲労がじわじわと来るのでは。知覧にいるあいだも常に「乗り遅れてはいけない」と気を張り続ける。そのことの疲労も、あまくみてはいけないかも。

気象予報はチェックするたび悪くなり、鹿児島へ発つ前日には「雨」と。バス停にコインロッカーがなかったら？　傘をさしてキャリーバッグを引きずり早足する気？　知覧の中でも私の行きたい資料館はかなり歩くようだ。

ふだんの私は「できなくはない」イコール「できる」として行動する。キッチン用洗剤がそろそろ尽きそうで、買わなければと思いながら電車で帰り、駅に着いたのが21時52分で、駅前のドラッグストアが22時閉店なら「買える」。

けれど旅先でまで、同じように行動しなくていいのでは。資料館の、戦争というテーマの大きさからしても、早足で回るところではない。行くならば、この出張とくっつけることを考えないで出直そう。

知覧はあきらめ、鹿児島市内を観光し列車で指宿へ、という順当な線に落ち着いた。砂蒸し風呂や温泉に入り、ホテルの庭を散策、併設の美術館を鑑賞、十数年ぶりのマッサージと、心身をくつろげる旅にする。

介護の5年間を経て、私の旅の段階はまた変わったのだ。時間はとれるようになったが、今度は体力が落ちている。

その時々の体力に合わせ、欲張りすぎない旅をしていきたい。

荷物が増えてもマイ・パジャマ

40代の数年間、スーツケースにはいつもパジャマが入れてあった。歯みがきセット、保湿クリーム、タオルまで。入院セットだ。高齢で、または持病があって、健康不安を抱える方が、急な入院に備えそうしているという話を、まま聞く。

40早々で入院生活を送り、その後も治療の後遺症でしばしば病院へ逆戻りしていた私も例外ではなかった。

そのセットを解体したのは、健康不安がなくなったからではない。パジャマのゴムがきついことに、あるとき気づいたのだ。

後遺症の起きる間隔が空くようになり、「そういえば、あの保湿クリーム、固まってはいないか」とスーツケースを開けて、中身を点検。ついでにパジャマも着てみて、「わっ、こんなにきゅうくつだったのか」。入院中はふだん以上に体調に敏感になっているはずなのに、このゴムでよくひと月も平気で寝ていたなと驚く。

「若さだな～」。昔はウエストがフィットするのが苦にならなかったのだ。ストッキングもはいていたし。今は寝るとき以外でも、締め付けが何より苦手である。

旅でも、たとえ1泊であれ、自分のパジャマを持っていく。宿には浴衣なりパジャマなりが用意されているが、浴衣は紐がきゅうくつで、パジャマもゴムがどんな具合かわからず、リスキー。

パジャマというよりリラックスウェアと呼べるものだ。買ったときのうたい文句が、温泉ホテルでそのまま廊下へ出て大浴場へ行ける、ホテルでルームサービスをとった際そのまま応対しても変ではない、というようなものだった。つるりとした、おしゃれ感のある素材で、透けないネイビー。その名も、旅先パジャマ。私は某通販サイトで買ったが、航空会社の機内販売カタログにも似たような商品が載っており、それひとつだけではないようだ。

縁あっていただいた宿泊券で都心の老舗ホテルに1泊したとき、はじめは少し緊張した。正面玄関を入るや、制服を着た係の人がすぐにスーツケースを受け取って、チェックインのあいだ直立不動で待っており、客室へと案内。

人に荷物を持たせるなんて分不相応だし、申し訳なくあるけれど、こういうしくみ、こういう流れになっているのだろうから、固辞すると、「何、客に荷物を運ばせて」となって、かえってホテルに迷惑をかけるのだろうかと、素直にお任せ。郷に入らば郷に従え、の気分である。

こちらも一応場所柄に合わせて、姿勢をよくし、きれいに歩くことにつとめる。こういうところで、ポケットに手を突っ込み、靴のかかとを踏んで引きずるように行くのは、やはりよくない。ホテルに失礼だし、雰囲気を壊す。

部屋までスーツケースを運び入れてくれて、丁寧な説明を受ける間も面映ゆい。

ドアが閉まると、ほっ。まず靴を脱ぎ、そして持参のリラックスウェアに着替え、文字どおりリラックス。出張のときのホテルのように、寝るためだけに泊まるのと違って、お茶を飲んだり、本を読んだり、窓の外の景色を眺めたり、ゆったりした時間がこれからはじまる。もろにパジャマな服装でお茶を飲むのは違和感があるが、旅先パジャマなら様になる。きれいな織物を固く張ったソファに、その姿で腰掛けても、そう変ではない。

この旅先パジャマ、びっくりするほど長持ちする。買ってもう20年になるか。ふつうのパジャマと違い、そうしょっちゅうは着ないせいもあるけれど。

若いときは、荷物が少なければ少ないほど旅上手だと思っていた。でも今は、旅先での時間の質を上げるのを優先する。

旅先パジャマはスーツケースの中で、次の出番を待っている。

目的を小さくすれば

時間が前より作れるようになり、そろりそろりとはじめた、用事の旅の「ついで旅」。鹿児島の次は奈良で試みた。

用事は午前だけなので、前日のうち現地入り。少し早めに着くようにし、用事のあとも自分で1泊追加すれば、2泊3日の旅ができる。

晩秋の古都なんて情趣たっぷりだ。寺社の土にも落ち葉が散り敷いていることだろう。着いた日と2日目の午後、奈良公園と周辺を散策。3日目は修学旅行以来の飛鳥へ、足をのばそうか。行き方を調べないと。ガイドブックまで買ってきて、「落葉を踏みしめて歩く私」のイメージが頭の中にすっかり上がっていた。

だのに出かける数日前になり、めまいと頭痛が。観光だけの旅なら取りやめたいところだが、用事となるとそうはいかない。

幸いなんとかおさまってきて、用事はこなせそうだけど、飛鳥へ行ける気はとうていしない。計画を変更し1泊2日に。1日目は早く着いたら、そのまま宿に入って、食事のあとは早めに就寝。引き続きめまいからの回復と、体力の温存とにつとめる。2日目は、用事がすみ次第帰ることにする。

当日がまた大荒天。奈良の駅から歩き出すや、傘が風で裏返るほど。這々《ほうほう》の体《てい》でチェックインして浴場へ。ガイドブックによれば、露天風呂から興福寺の塔が見えるそうで、それがこの宿に決めた理由だったが、このときは雨風が強すぎて、塔はあっても目を開けられない。これはもう嵐の域だ。

頭痛とめまいがぶり返し、部屋に戻ってのびていた。もしかして気圧のせい？　数日前の東京もこんなふうな荒天だ。頭痛持ちの知人がよく見ている気圧のサイトを覗いたら、この日の奈良は「スーパー警戒」となっていた。

食事のあと、風が弱まり、雨も小降りになったので、外へ。興福寺境内から奈良公園を散策する。駅からすぐなのに、しかもまだ8時なのに、こんなに暗く、人っ子ひとり歩いていないのが不思議な感じ。

バンビ萌えの私は、リアルバンビに会うのが、露天風呂からの塔と並ぶ、旅の目的のひとつだったのだ。宿を決めたのも、露天風呂のことに加え、ガイドブックの宿の紹介ページに鹿の画像が大きく載っていたからである。

いた！　木の根かと思った黒い影が、すっくと起きて、若い鹿だ。まっすぐな瞳にどきどきする。目が慣れると、群れだ。少し離れて、老いた雄も。

宿に戻り、フロントで鍵を受け取る際、塔の見える貸し切り風呂もあると知り、申し込んだ。開け放した窓から、ライトアップされた塔を心ゆくまで眺める。

当初の計画とは違ったけれど、旅の目的はふたつながら達成できた。鹿児島のときに学んで、旅のテーマを小さくしたのがよかったかも。

新型コロナウイルスの影響で、旅をしないあいだにも体力はまた落ちているはず。日常生活における歩行距離からして、がっくり減った。次に行くときはより、欲張らないことを心がけよう。

やっと気づいたホテルの暮らし方

家族に果たす役割がなくなって6回目の正月。新型コロナウイルスの感染拡大がはじまる少し前で、旅をまだふつうにできた頃だが、やはり自宅ですごした。

老親の家で介護も正月準備もと何から何までしていたあいだは、「宿で迎える上げ膳据え膳のお正月」に憧れたが、いざ、そうしてもいい立場になると、意外と行かないものだ。この時期、交通機関はどれも混む。「何もこの時期、出かけなくていいな」と。

移動をあまりせず、炊事や掃除はしないでいいすごし方として、都心のホテルに泊まることは検討した。が、調べると、それはそれで込みそう。正月プランを設けていて、3世代で楽しめることをうたうところもある。

需要はわかる。子や孫を家で迎えていた人たちも、高齢になると疲れるし、海外ですごすのが常だった家族も、年をとった親を連れていくのがたいへんになろう。

正月は都心の店のほとんどが休みだ。ホテル内のレストランでファミリーに挟まれ食事するのは、ひとり客には居心地悪い。ルームサービスという方法もあるが「何もこの時期に泊まらなくていいな」と結論した。

逆に言うと正月以外の時期、泊まる意欲が高まっている。

冬の正月前に、その機会があったのだ。前述のように老舗ホテルの宿泊券を、縁あっていただいていた。

はじめは無理して使わなくていいと思った。打ち合わせや式典などでよく利用するホテル。仕事の延長のようで休まらないだろうと。が、秋から地方への出張が続き、家にいる日はいる日ですることが詰まり、いっそ都心で1泊したほうがリフレッシュできそうな気がしてきた。

予想以上の効果だった。ロビーや宴会場へはしょっちゅう出入りしているホテルでも、宿泊客として滞在する時間はまったく違った。鞄を提げて足早に歩くとか、トイレの鏡の前で、ふうと溜め息をつくといったことがない。

客室は落ち着いた茶色い木を基調とし、私の趣味と合っていた。広い、そして家事をしなくていいというだけで、たいへんな気分転換だ。ルームサービスのお茶とお菓子を運んできたスタッフは礼儀正しく親切。丁寧に温かく遇されることが、いかに心休まるかを知った。

窓から見える皇居の森、静かに水を湛えたお濠《ほり》。この国の首都にいることを感じさせるに十分だ。お濠に沿った道路を車が流れ、雨催《あまもよ》いの空の下、午後4時で早くもテールランプが滲《にじ》んで目にしみるよう。進学で東京に来て40年近く。自分の街をこうした視線で眺めるのははじめてだ。

「年に一度くらいこういう大人の時間を持ちたい。他に贅沢らしいことはしていないのだし」と、ホテルの会員になる手続きを、帰宅後すぐパソコンでとるつもりが、いないあいだに溜まっていたメールの処理をはじめてしまい、手つかずのまま。そうこうするうち、世の中が大きく変わり、旅どころでなくなった。

観光業の苦境が聞こえ、あの、おっとりしてよかったホテルは今どうしているだろうと心を痛めていたところへ、新しいプランを打ち出したと知る。格安でひと月連泊できるプランだ。ステイホームに代わるステイホテル。

「応援になるし泊まろうか、でもひと月は長すぎる」と迷っていたら、即日完売したという。残念だが、それ以上に安心。

世の中が落ち着いたら、1泊しにいきたい。そうできるよう元気で働こう。

特別列車で日帰り俳句ツアー

金子兜太《とうた》さんは埼玉県出身の俳人。1919(大正8)年、秩父の奥の開業医の家に生まれ、高校時代から俳句をはじめた。戦争で大学をくり上げ卒業し、出征したトラック諸島では餓死者が多数出る中、奇跡的に命をつなぎ、捕虜を経て復員。勤めの傍ら俳句を作り続け、98歳で亡くなった。

私が進行役をつとめる俳句番組にお出になったのは2015年、96歳のときだが、ご自作から生涯の一句として、

水脈《みお》の果て炎天の墓碑を置きて去る　金子兜太

を挙げ、「私はこの句を抱いて死にたい」と言われたのが印象に残っている。戦争から長い年月を生き、数えきれないほどの句を作ってきても、やはりこの句なのかと。

その話のときは厳粛な面持ちで、私も襟を正して聞いたが、それ以外はひょうひょうとした笑顔で、冗談をよく放っていらした。禿頭《とくとう》や丸顔がトレードマークで、御自らすすんでジョークにされていた。

「兜太列車が走る」と耳にしたのは、それから間もない2016年1月のこと。何、それ？詳しく聞けば、兜太氏のふるさと埼玉県の皆野町《みなのまち》へ、西武鉄道がツアー列車を走らせると。現地までは俳人、橋本榮治、横澤放川《ほうせん》両氏が車内放送でトーク。到着後は兜太氏ゆかりの句碑をめぐって、句を作る。兜太氏は文化会館で待っていて、ツアー参加者が投句した

後、いよいよご本人のトークショー。そのあとで優秀作の句が発表されるという。忙しそうだが面白そうと、参加を決めた。

ひとり旅の多い私には、めずらしいタイプの旅である。テーマは、兜太氏のふるさとにて吟行。１月30日、朝７時40分までに西武池袋駅改札に集合だ。張りきって早起きしよう。

前日の予報で、あいにく秩父に大雪注意報。テンションはいっきに下がる。雪の中の吟行になるとは。寒いだろうな。

当日朝、東京は雨。配布物一式の入ったポリ袋を受け取り、ホームへ。列車のボディにペイントされているのは兜太氏の丸顔……ではなく、キティちゃんであった。

ボックス席とベンチシートのある中距離型列車で、座席指定はない。ベンチシートに座ってまずは駅構内で買ったおにぎりにかぶりつく。ペットボトルのお茶を飲んだついでにふと見れば、周囲のみなさん句帳を開き、発車前からもう作りはじめている。のんびりとご飯を食べるのは私だけ。膝の上には投句用紙らしき紙。そんなのもらったっけ？　旅のはじめから出遅れている。

配布物の袋を探ると、投句用紙は２枚。１枚は車中で題詠、「冬野」で作って、２枚目が皆野の吟行で作る。他に現地でのお弁当や味噌ポテトの引換券、観光パンフレット、ボールペンまであって至れり尽くせり。兜太氏の力強い字のある絵馬は、何やら運気が上がりそうだ。

参加者は私の他78名、熟年の男女半々くらいに若い人がちらほらだ。途中のひばりヶ丘駅から乗ってきた人も、周囲ににっこり会釈してから腰掛ける。知らないどうし集まるツアーはもっと固さがあるかと思ったが、うちとけた雰囲気なのは、オープンマインドで臨む句会を体験をしてきた人たちならではか。

目が合った同世代の女性と話すと、お母さんの付き添いで来ていて、お母さんは兜太氏の大ファン。昨秋のテレビに兜太氏が出られたときは、もちろん見たと。思わず「私その番組の司会をしています」「あら、どこかでお会いしたように思ったら」とお母さん。

所沢駅でもお客さんを乗せたら、「女子鉄アナウンサー」と紹介された方の司会で、トークがはじまる。橋本氏の言うには、今日のような天候は、句材の宝庫として俳人はよろこぶべき。雨が降ったら嬉しい、雪に変わればなお嬉しいと。「えー、雪？　寒そう」と内心がっかりしていた私は軟弱だった。俳人に「あいにく」はないのであった。

横澤氏は、秩父は句材の宝庫であるという。こう条件が揃っているのに、いい句ができないとまずい。優秀作は専門誌「俳句」の他、車内の中吊り広告にも掲載されるそうだ。これは燃える！　車内の中吊り広告には、飲料メーカーの川柳がときどき出るが、私は熟読するほうである。

9時過ぎ、飯能駅を出るとき進行方向が変わる。女子鉄アナウンサーさんによるとスイッチバックといい急勾配を登るためのもので、全国でも少なくなっているそうだ。住宅地が途切れがちになり、冬野が現れ、いよいよ題詠タイムである。

車窓を詠み込まず、外にいるつもりで風景を詠もうと、橋本氏からのアドバイス。横澤氏からは、嘱目《しょくもく》であっても内面を詠んでいいと。嘱目とは、その場で目にふれたもののことである。よし、挑戦しよう。9時半、西武鉄道のスタッフさんが、投句用紙を回収に来る。緊張が解けてか、トイレに立つ人にわかに多し。

9時40分から再びトーク。投句した句のいくつかにつき作者名を伏せたまま講評する。橋本氏から。

原句　どこまでも虚空やどこまでも冬野

添削　どこまでも冬野どこまでも虚空

並列なら「や」で切らないほうが効果的。「虚空」は抽象的なので、順番を逆にし冬野を先に持ってきてイメージを広げてから「虚空」へ行く。横澤氏は、

原句　冬野踏む引き返すこと考えて

添削　大冬野引き返すこと考えて

「踏む」「引き返す」「考えて」と、動詞が多いと句がぐらぐらする。上五（五七五の最初の五音）を名詞「大冬野」に置き換えて「踏む」をなくし、動詞をひとつ少なくしようと。添削＋ワンポイント講座まで聞けるとは。

車内のトークショーだからもっと軽めの娯楽っぽいものかと思ったら、しっかりと勉強になった。

10時半、皆野駅着。ホームのところどころ雪を寄せてある。前の週と今朝と積もったらしい。幸い……と言ってはならぬが今は上がり、傘を差さずに吟行できる。いなり寿司とかんぴょう巻きのお弁当とお茶を受け取り、4台のマイクロバスに分乗して出発。町のシルバー

人材センター派遣のボランティアガイドさんが、1台にふたりついてくれる。最初のポイント、椋《むく》神社へ着くと、雪の境内に制服の少年少女4人が立っていた。コートも着ないで、女の子は生足なのは、若さゆえか、この寒さに慣れているのか。あとでわかるがポイントごとに中高生のボランティアが待機しており、説明係をつとめてくれる。椋神社では、兜太氏の産土神《うぶすながみ》であること、出征のとき氏のお母さんがここのお守りを千人針に縫い込んだことなどの説明がある。

次のヤマブ味噌蔵は、兜太氏のお父さんが句会をしていたところ。開業医の傍ら俳句を趣味とし、伊昔紅《いせきこう》という俳号まで持つそうだ。

ヤマブ（社名は新井武平商店）の創業者は、秩父音頭による町おこしにつとめた。その志は三代目の現社長にも受け継がれ、ツアー客に甘酒をふるまい「皆野に来たらいつでも寄ってください。句会に使ってください」とたいへんウェルカムだ。

秩父音頭発祥の地が円明寺。もともとの唄や振りは、庶民文化の常として野卑であり、公の場では禁止された時代もあったが、田舎歌舞伎の女形もつとめた伊昔紅の父と伊昔紅が、所作や歌詞を工夫し、現在のかたちに整えた。金子家三代の郷土愛を感じる。句碑は骨太の字で刻まれている。

夏の山国母いて我を与太という　兜太

家業を継がず俳句の道へ進んだ兜太氏を、母は与太《よた》と呼び続け、104歳で亡くなる夏も、訪ねてきた兜太氏に「与太が来た、万歳！」と叫んだとボランティアが説明。知られたエピソードではあろうけど、詠まれた山々を望みつつ、句碑の前で聞くと、感慨新ただ。

生家には今も「金子医院」の看板があった。説明では、この家でも父は句会をし、お酒が入ると弟子たちは殴り合いの喧嘩をする。そのため母は兜太氏に「俳句なんか絶対するな」と常々言っていたそうだ。

畳から伝わる冷えに、山国の気候を感じる。壁には母の写真や100歳超えしたときの町の賞状。父の写真は兜太氏そっくりである。

句碑めぐりがすんで、文化会館へ。引換券で熱々のけんちん汁と秩父名物、味噌ポテトをいただく。じゃが芋の素揚げに甘辛の味噌だれをかけたもので、黙々とたれをかけているのは、ヤマブの社長の息子とか。本当に総出でもてなしてくれている。

テント内で食べていると、わっ、投句締切の1時がすぐ。慌てて味噌だれをつけてしまった投句用紙を、なんとか間に合わせて提出する。

底冷えの仏間兜太の父母在《いま》す　岸本葉子

ホールに入れば、ああ、暖かい。ステージでは青い法被《はっぴ》とサラシもどきの白短パンを着けた中高生が、秩父音頭や椋神社に伝わる神楽、獅子舞を披露する。平成の子どもたちに受け継がれているようすを、伊昔紅氏に見せたかった。昔の日本人とはプロポーションが異なって、踊りがどうしても腰高になるのは致し方ない。

いよいよ兜太氏が登場してトークだ。語るのは父母への思い、皆野への思い。山仕事のあと父の句会に来る男たちには「野性的知性」があり、彼らへの憧れが自分を生涯、俳句と結びつけた。戦地の同僚の工員たちにも同じものを感じた。彼らの多くを死なせた戦争は悪だという思いが、自分の体の中を駆けめぐっている、それが今いちばん言いたいことだと、反戦のメッセージで結ばれる。ずっしりと重く、聞き応えのあるトークだった。

橋本、横澤両氏も加わって優秀句の発表だ。題詠、吟行それぞれにつき、各氏が3句ずつ選ぶ。屋内の暖かさと客席の座り心地のよさに、深々と身を沈めていた私は、兜太氏が読み上げた句に驚いて背中を立てた。

雪原や鉄路に果《は》てのあることを　岸本葉子

同じ句は横澤氏の選にも入り、直しをいただいた。「果て」を「果《は》て」として「の」をとる。「を」が曖昧。詩心を出そうとすると陥りやすい助詞だが、曖昧にせず言い止めようと。勉強になった！

15時半、皆野駅発の列車にぎりぎり乗り込む。最初から最後まで盛りだくさんなツアー。手作り感あふれるもてなしを随所で受け、兜太氏の俳句の根っこにも触れられた。ひとりではこうも効率的に回れなかった。

たまにはツアーもいいものだ。テーマが合えば、また参加したい。

行きたかった地、還る場所

母は昭和元年、温泉で知られる佐賀県の武雄《たけお》市で生まれた。戦後、一家で東京へ移り住んだため里帰りすることはなく、私がその地を踏んだのは母が亡くなってからである。母が遠足で来たという、鍋島藩主ゆかりの庭園、御船山楽園《みふねやまらくえん》を訪ねた。春で、おそらく母も見たであろう老木の桜が咲いていた。生前に連れてくればよかったと後悔した。私が30代終わりのこと。

それから父も老いて亡くなり、虚脱感はあるが時間はできて、佐賀県をはじめて秋に訪れる機会を得た。30代のときと違うのは、俳句に出合ったあとであること。旅にも、歳時記を携えていった。この項の中の句は、すべて自作である。暑さの残る頃ではなく、季節は冬に近づいている。

空港を出ると、たちまち雀の声に包まれる。稲の実りをよろこんでいるかのようだ。米どころの佐賀平野では、温暖な気候を生かし古くより二毛作が行われており、米の収穫を終えたらすぐ麦播きの準備に入るそうだ。

有明海の干拓地であるこのあたりは、畦はひたすらまっすぐで、田のすみずみまで陽ざしが行き届く。刈田とはさびしいばかりのものではないことを、私は知った。

方形の刈田あかるき佐賀平野

米どころは、よき酒を産する。肥前浜宿は、その名のとおり河口に位置する宿場町だが、佐賀平野の米と多良岳《たらだけ》山系の伏流水を生かし、酒造りでも栄えてきた。「酒蔵通り」と呼ばれる古い街並みには、酒蔵に交じって洋風建築の旧郵便局もあり、この町の富の蓄積を思わせる。世界的な権威のあるワイン品評会でこの町の蔵のひとつの酒が1位となってから、内外の注目を集め、春の「酒蔵ツーリズム」のあいだはたいへんな人出だそうだが、晩秋の今は静かで、昔ながらの時を刻んでいるかのようだ。

人ありし蔵の白壁秋日影

蔵はそろそろ仕込みの頃だ。冷え込む蔵での作業はつらそうだが「冬は寒いほうがよかとよ。よい酒ができるから」と「幸姫《さちひめ》酒造」の人は語る。

この時期、鹿島市、太良町の有明海に沿った国道には牡蠣小屋が並び、竹崎カキの幟《のぼり》で人を誘う。竹崎港沖で育った牡蠣を、そう呼んでいる。

漁家の営む店のひとつ「勇栄丸」に入った。生牡蠣を買い案内されたテーブルでは、金網の下に炭火がすでに熾《お》きていて、紙皿と割り箸に加え、軍手と金ばさみという焚き火の道具めいたものを渡される。これを使って自分で焼くのだ。地元の人に教わりながら金網に乗せ、裏返し、口が少し開いたところで金ばさみでこじ開ける。なお火の通るのを待っていたら「とっくに焼けているよ」と指さされた。

焼けると水分が逃げ縮むのがふつうだが、竹崎カキはそうでない。有明海は湾の口が狭いところへ、筑後川をはじめとする多くの川が注ぎ込むので、塩分濃度が低く、浸透圧の原理でもって身の水分は少ないのだ。

それでいて太っているのは、栄養を豊富にとれるため。川が栄養を運んでくるのと、干満の差が最大6メートルにもなる有明海では、潟が日光にさらされ、微生物がよく育つ。潮流が速く底の砂がかき起こされて、酸素を多く含むことも、微生物の成長にはよいそうだ。

難しげなことを述べてしまったが、早い話が旨い。うっかり殻をつかんで「熱《あ》っつ」。炭火に殻がときどき爆《は》ぜ、焦げた欠片の交じるのも味のうちだ。

牡蠣小屋や殻を放《ほう》れるポリバケツ

足もとのポリバケツが殻でいっぱいになる頃には、空が翳ってきていた。灰色の湾には遠く海苔粗朶《そだ》が林立し、水平線とのあいだの柵をなしている。

海苔の漁家の舟に乗せていただくことにした。端にエンジンをつけた、屋根のない簡素な舟で「輝江丸」と記されている。鹿島港から15分ほど沖へ走るという。

海風を受け、舟の上は救命胴衣を着けていても寒い。鷹匠を乗せた舟とすれ違う。鴨は海苔を食べるため追い払わないといけないという。海もまた鷹匠の仕事場なのだ。

漁《すなど》りの湾の鈍色《にびいろ》鷹放つ

海苔粗朶は、近くで見ると棒のあいだに帯状の網を渡してあった。引き潮になると宙で日光を浴び、満ち潮の今は海面に浸って、かすかに揺れている。「海苔採る」は春の季語だが、9月に粗朶を立て、種付けした網を張り、芽が伸びたところで半分は陸に揚げていったん眠らせ、半分は育て続ける。秋の摘みとりが終わったら、眠らせてあった網を張り込み、冬の海で育てる。「寒いほうが美味しくできる」と、酒蔵の人と似たことばを、舟の人からも聞いた。

3月まで収穫を行い、4月に粗朶を撤去する。水平線を隠すほどの本数の粗朶を、置きっ放しではなく、そのつど抜き差しすることが驚きだった。

その日の天候や潮のようすによって、網の上げ下げなど、こまやかに手を入れる。有明海の海苔は香り高く味の濃いことで知られるが、それを育むのは自然条件だけではない。寒い中でも舟を漕ぎ出しての、気の遠くなるほどの作業がある。

冷ゆるまで舟を浮かべて粗朶の海

有明海の海岸線をなぞるように、さらに南へ、国道沿いには竹崎カニの幟が目につくようになる。がざみというわたりがにの一種だそうだ。ずわいがになら冬の味覚だが、竹崎カニの旬はオスが7月から11月、メスが12月から5月とほぼ通年。その晩の宿である竹崎温泉「豊洋荘」の夕食の膳にのぼった。

鮮やかな朱色をした菱形の甲羅。1匹まるごと茹であげられ、折りたたんだ脚が皿からはみ出そうである。ひっくり返して甲羅の裏の殻を、箱の蓋よろしく外せば、藻の色に似たかに味噌が現れた。オスである。冬に訪れる人は、産卵を控えたメスのオレンジ色の内子に出合うことだろう。脚をもぐと、白い身が隙間なく詰まっていた。「有明海の底ものは絶品ですよ」と宿のご主人。

水分が少なく旨みの凝縮するわけは、牡蠣小屋のところで述べたとおりだが、ひとつ付け加えることがあった。塩分の低い海に育つと身の塩分も少ない。したがって甘い。運ばれてきたときは大きさにひるんだ竹崎カニも、塩からさに疲れないから、いくらでも食べられる。

宿の部屋には歳時記と短冊があった。ご主人のお父さんはかに漁をしていたが、俳句好き。夜、お父さんについて舟に乗ると、エンジンを止め、網を流して漂うあいだ、星を見て一句作れと言われることもあったという。

ここにも俳句を愛する人がいる。網を流すというのは、繁殖時のオスはメスを求めて盛んに泳ぎ回るので、自ら網に入ってくるそうだ。

銀河夜々砂を散らして蟹わたる

夕食後、海に面した露天風呂へ。曇りの今夜は星が出ておらず、目の前にあるのは海の闇だ。あれはどのあたりなのか、対岸の灯らしきものが、小さく見える。佐賀県でもここは南端、長崎県諫早市との境に位置する。湯に身を沈めると、有明海と一体になった。

佐賀県の食の幸は、畑にもある。有明海に沿った国道を北へ戻った白石町は、玉葱で知られるが、この季節は蓮根が収穫期を迎える。もっちりとした食感が正月の煮染めに向くので、歳暮に贈答されるが、地元の人はおでんにも入れるそうだ。

泥水を張った四角いため池のようなところで、人が腿までつかってかがんでおり、聞けばあれが蓮根畑。近づくと防水服の上に、腕の付け根まであるゴム手袋をつけ、肩から吊っていた。

　蓮根掘ゴム手袋を肩に吊り

そばでホースが水を吐いている。昔は蓮根畑から水を抜き鍬で掘っていたが、今はクリークからポンプで吸い上げた水の圧で、底の泥を掘り、手でつかみ出す。栽培用の特別な泥を入れるのではない。もともとここにある泥だ。有明海の潟であったここは、土そのものが豊富な栄養を含む。畑のなりものもまた、海の恵みを受けている。その海も、山からの川が流れ込んでいることを思えば、自然の大きな循環の中の営みというべきか。

　空港までの途次、母のゆかりの地の武雄市に寄る。かつて桜の頃に来た御船山楽園は、今は紅葉の盛り。御船山の中腹の紅葉が、金色の陽ざしを受けて神々しいまでに照り映えていた。

　中腹の紅葉のことに日当たれり

　同じ山の裏手に樹齢1000年の楠があるという。武雄神社の境内を抜けて、さらに奥と聞いて、竹林の中の小道を上っていく。

竹林の尽きたところに現れた巨樹の姿を、何に喩えたらいいのだろう。山を背景にそびえ立つ黒々とした幹は巌にも似て、中ほどにも根元にも大きな洞《うろ》が空いている。自らは無となって、風も、草花の種も、鳥、獣も自由に出入りさせているかのようだ。

この木の経てきた歳月は、私の、母の、生の時間を含んで、はるかに長い。父母《ぶも》未生《みしょう》以前という言葉がふと浮かぶ。おそらくここが父も母も、いずれ私も還ってゆくところ。

　露けしや大楠の洞くろぐろと

旅の最後にこの木に出合えたことを、私は深く幸いに思った。

第2章

俳句、一生の趣味が見つかった

ゆっくりでも長く歩みたい道

俳句を勉強中の私には、代表句と呼べるものがまだない。これまでの句を振り返る余裕はなく、句会や月に1回司会をつとめる俳句番組に間に合うよう作るのでせいいっぱい。前進あるのみ、というと聞こえはいいけれど、過去の句を管理できていないのが実情だ。

将来句集を出すかもしれないときのため、ちゃんととっておいたほうがいいとは、よく言われる。どこかにあるのは確かなのだ。作句ノートや句会で配られた清記用紙のコピーは、捨てていないので。いつか探し出し、パソコンに打ち込むつもりではいる。昔の日記帳を発見してしまったときのように赤面して逃げ出したくなるに違いない。が、脂汗をかいてでも創作の軌跡と向き合う作業が、前へ進むために実はだいじな作業なのだろうと思う。

そうした現在、披露することのできるのは、今使っている作句ノートに記してある句から。

鉛筆に木の香のすこし春の雲　岸本葉子

小学生の頃、削ったばかりの鉛筆の先からは、木の香がした。切り揃えられたり塗装されたり、鉛筆になるまでたいへんな工程を経てきたはずなのに、思いのほか新鮮な香がし、削るたびに鼻にあて、嗅いだものだ。

俳句は大人になってはじめたが、学びに対する初々しい気持ちを抱き続けたい。春の雲は輪郭も定かでなく、どんなかたちに育つのかも、どこへ行くのかもわからず心もとないけれど、高きを仰ぐ気持ちも忘れずに。そんな思いが、五七五にしたときあっただろう。

俳句の道をおっかなびっくり進む私には、季語が大きな頼りである。自分の作る五七五が俳句としてかろうじて立っていられるとしたら、季語の力によるものだ。季語には足を向けて寝られない……と言うと変だが、感謝の念でいっぱいだ。

歳時記を手に、ゆっくりでも長く歩んでいきたい。

俳句初心者のお悩み相談

俳句ってちょっと面白そう。作ろうとした、けど何も浮かばない。作ってみた、やっぱり無理そう。句会に行ってみた、凹《へこ》んだ……そんな溜め息まじりの話をよく聞く。

耳を傾けると、共通のお悩みがありそう。特によくある声のふたつを取り上げて、答えというより同感の意を示し、それに対する考え方を記したい。

お悩みその1　見ても何も感じない

「『Q.ものをじっと見ていても、何も感じません』『A.感じたことを五七五にすればいいのです』などと入門書のQ&Aにあると、相談者に思いっきり共感し、回答には、それがいちばん難しいのに！　と怒りすらおぼえます。鈍感な私は俳句に向かないのでしょうか」

まさに「あるある」。俳句で最初に言われるのが、ものをよく見よう。感じたことを五七五にしよう。とっつきやすくするため言ってくれるのだろうけれど、初心者にとってこれほど難しいことはない。

俳句には吟行という作り方がある。どこかへ行って、そこにあったものを詠む。吟行にはじめて参加したとき、先生に言われたのも、さきのふたつ。行った先は菖蒲田だ。俳句歴の長い人からは「私は一本の草の芽の前に50分しゃがみ込んでいたことがある」と聞き、50分は無理でもせめて15分は粘ろうと思い、一本の白いつぼみの前に陣取った。

待てど暮らせど何もわいて来ない。見てはいる。凝視といっていいほど目を凝らし続けている。が、見ても何も感じない。頭の中をめぐる言葉は「菖蒲」「白」「３枚の萼《がく》?」「つぼみ」「捩《ねじ》れ」「右巻き」「いや、左巻き」……およそ即物的であり、心はいっこうに動かない。私はものを感じないタイプなのか。詩心という俳句に必要な資質に欠けているのではと、相当落ち込んだ。

吟行のあとの句会には、決まった数の句を提出しないといけないので、３枚とか左巻きとか書いたが、言うまでもなく誰にも顧みられなかった。

とにかくもういちどと次の回の吟行にも参加し、回を重ねるうちに気づいた。見るだけでなく、手にとってどうこう、鼻を近づけてどうこう、という句が結構ある。

何も見るばっかりではない、触って何か、嗅いで何かを感じないか。毒でなければ噛んでみるのもアリだろう。押してダメなら引いてみろ、というと荒っぽいが、その精神だ。

そして悟った。見ることは俳句の基本ではあろうけど、「見て何かを感じなければ」と焦れば焦るほど、心が金縛りに遭ったようになってしまう。見るだけにこだわらず、何らかのアクションを起こそう。それがきっかけで心が動き出すこともあると。

お悩みその2　向き不向き

お悩みのより大きな問題は、次のところだと思う。「鈍感な私は俳句に向かないのでしょうか」。向き不向きの問題だ。

私も最初の吟行で、花菖蒲の前で真剣にそう考え、うちしおれたのは先述のとおり。自分には資質がないのではと。

けれど思う。もしあそこで先生なり俳句歴の長い人なりにそう問うて「はい、そうです。菖蒲を見ても3枚とか左巻きとしか思い浮かばないようでは、あなたは俳句に向かないからやめたほうがいいです」と答えられたからといって、やめただろうか。

ともかくもやってみる、という選択があるだろう。精神科医の文章で、次のようなことを読んだ記憶がある。とりあえずやってみれば、やらない人より刺激を受け、それによって気持ちが明るくなる、最大のメリットは楽観的な人間に近づいていけることだと。

続けている今も、果たして向いているのかどうかわからない。というより考えなくなった。向き不向きを問うのは意味のないこと。そのあいだに一句でも多く詠む、あるいは人の句を読む。そうするうちにいつの間にか「俳句が趣味の人」になっていた。

俳句に限らず、趣味に限らず、ものごとはそうなのかもしれない。

お悩みその3 苦手意識

「植物の季語が苦手です。これぞ俳句という感じで、プレッシャーを感じます。詩らしくしようとすると花言葉のようになってしまい、それを避けると理科の観察記のようになってしまいます。できれば詠みたくありません」

理科の観察記……身につまされる。初の吟行の菖蒲を前にしての私が、まさにそうだった。そしてその悪癖がなかなか抜けなかった。

さきに書いた「見れば感じる」の焦りの他、相談者の言うプレッシャーもありそうだ。「この花は昔から日本人がいろいろな思いを託してきたに違いない」と。

高校の古典の授業や百人一首の経験が、悪く作用するのかもしれない。植物の脇の立て札に「この花は万葉集の頃からよく詠まれ……」などと歌が書いてあったりする。

ものを知らないのも恥ずかしいので、歳時記で季語の説明も確かめ「ああ、この花にはそういうことを感じるべきなのだろうな」「こう詠むべきなのだろうな」と、説明のほうに自分を合わせようとしてしまう。

説明にあることそのままでは芸がないと思い、少し外して、かつ何らかの詩心をはたらかせようとし、たとえばカタクリの花ならば「日陰に咲く」「うつむき加減」「控えめに」など、相談者の言う花言葉……を通り越し、流行り歌のようになってしまう。

われながら陳腐に思えて、詩心を控えると、3枚とか左巻きとか理科になる。その堂々めぐり。

ひと頃は吟行先が何かの花の名所だと、それだけで気が重くなっていた。が、どこへ行っても植物はあるわけで、まさしく逃れられない。


ひとつの方法は、その植物に関係した自分の動作を詠むことだ。さきの触って、嗅いで、と似ているがその延長というか、カタクリを例にとれば、カタクリへ向かって斜面を登るとか、膝をつくとかいうことを詠んだ句が結構あるなと、句会で気づいた。

他人の動作を詠んだ句も、ある。カタクリの群れのそばに腰を下ろして休む人、など。

そういう詠み方が「カタクリらしい」かどうかは、わからない。が、自分では判断がつかないからこそ、人に読んでもらうのだ。ダメ出しをするのは自分ではなく、人に任せるつもりで、とにかくやる。

　もうひとつ考えたいのは、さらに深い話になるが、「らしさ」にとらわれすぎていないかと。カタクリらしいか以前に、「俳句らしいか」と。

　いろいろな季語の中でも特に植物に苦手意識があるのは、俳句は季節の詩、植物こそは季節を代表するもの、と構えてしまうからではないだろうか。

「俳句らしい」かどうかも、自分ではわからない。その判断も人に委ねて、「らしさ」を考えないようにしよう。そう割り切ってからは、植物が前ほど嫌ではなくなった。

　苦手意識の克服は、「らしさ」から自分を解き放つこと。これも俳句を離れ、他のところでも試みていきたいことである。

変哲のない日々の質が変わりだす

何もかも出合いになる

　40代半ばで俳句に出合い、50代で吟行句会に参加しはじめ、俳句番組の進行役をする機会にも恵まれた。

番組では、前もって題が出される。歳時記に載っている季語から、先生が選ぶ。いちど聞くと、収録までのあいだ常にその題が頭のどこかに留まっている。季語の題とは別に、先生が決めるテーマに従い、進行役の私も俳句を作っていくときもある。

俳句を考えていることが、50代から急に多くなった。

俳句に親しみ、いちばんに感じるのが「無駄なことってないのだな、どうでもよさそうなものでも、みんな何かを宿しているのだな」と。

別に「起きることはすべてあなたにとって意味があります」みたいなスピリチュアルなことを言うのではない。性急に意味を求めるのは、俳句的態度でもないと思う。

突然抽象的なことを言い出しわけがわからないと思うので、体験に即して述べていく。

あるときのテーマは「日常の移動を詠む」だった。通勤や散歩、買い物などふだんの移動の最中に、ここを詠みたいと思った瞬間を写真に撮り、併せて句も作っていく。

告げられたとき私は内心「困ったことになった」。家でエッセイを書くのが中心の私は、通勤がない。よく行く仕事先への移動がそれに代わるが、そこはかつて十数年間通院した経路でもある。ホームに降りたら考えごとをしながらでも、足はひとりでに乗り換え階段へと向かっている。目新しいものなど何もない。

そもそも私は効率主義というか、時間貧乏な人間である。駅から自宅までの十数分さえ焦れったく、途中をショートカットしたいほど。日常に詩をみいだすなんて、時間と気持ちにゆとりのある人ができることだと思っていた。

ある日の仕事帰りも、乗換駅の階段を降りると、電車がホームを出るところ。よりによって快速だ。あれに乗れたら10分は早く家に着いたのに。運の悪さに溜め息をつき、走り去る列車を見送った。

夏の、まだラッシュアワーには少し間のある時間帯。ホームの端からいく筋ものレールが伸びて、はるか先で夕陽に包まれ、溶け合うように光っている。

五七五がふとわいた。

分かれては交はるレール大夕焼

逃げないように口の中で反芻し、立ったまま鞄からペンをとり出す。次の列車までの時間は、不本意な待ち時間から異なる性質のものに変わっていた。

ギアチェンジができる

日常の移動の中でも「散歩」がテーマのときは、移動の範囲は本当に狭い。締切ぎりぎりまで作らないものだから、待ったなしとなってから、スマホを手に外へ出る。初冬のことで、とり急ぎコートをひっかけて。自宅周辺はどの道も飽きるほど通っている。鋪装された住宅街。セメント塗りやスレート葺きの、屋敷林もない家々。アパートの前に出ているのは、カバーをかけた自転車だの室外機だの。

そんな中へもどこからか落葉が数枚舞い込んでいる。

アパートの外階段の落葉かな

吟行は私にとって、どこかへ出かけることだった。梅の咲く頃に合わせて、梅で知られる公園へ。酉《とり》の日に、熊手市の立つ神社へ。みなで同じものを見て詠むから、それはそれで楽しく勉強にもなる。

が、それだけが吟行ではないのだ。

私は40代半ばまで、俳句の知識が中学の教科書レベルで止まっていたから、古池とか蛙とか、お寺や柿みたいなものを詠むのが俳句だろうと思っていた。俳句をはじめるにあたり歳時記を買ってみて「無理」と思った。季語として載っている風物のほとんどは、今ふうの町の集合住宅に住む私が見たことも聞いたこともないもので、これはもう想像で作るか、特別なセッティングをするかしかないなと。

それは考え違いであった。日常の中で詠める。

外階段の落葉の五七五が、詩になっているかどうかはわからない。読む人の評価を待つほかない。が、少なくとも私の心はひきつけられた。

歩くたびいちいち落葉に詩心が動かされるわけではない。目の前に落ちていたって何も感じず通り過ぎていることのほうが、正直私は多いだろう。

俳句を作るつもりになると、いつもの経路が詩と出合う場に変わる。できればショートカットしたい、なければなしですませたいと思っていた十数分が、出合いの可能性を秘めたものに変わる。

無駄はない、すべてが何かを宿していると、いきなり結論めいたことを書いてしまったが、そのわけを感じていただけただろうか。俳句に親しむとは、前のめりに生きている私が、日常の時間と空間をそのようなものにチェンジするギアを得ることなのだ。

俳句が支えになることも

日常に限らない。人生にいちどあるかないかのことに遭遇したときも、俳句は存在感を持つ。

結社誌『澤』に鑑賞文を書く場を、私はいっときいただいていた。掲載の句を読んでいくつか抜き出し、感じたことを記す。中にこんな句があった。

逆縁の燭の揺らぎや蘭香る　鶴見澄子

遺影のわが子を連れ帰った部屋。灯明が今日も上がっている。灯の揺らぎは隙間風のためか、あるいはまたもふくれ上がる涙のためか。供花である蘭の香りが、あたりに漂う。庶民の家にはふつう飾られることのない花。それが室内のようすを常ならぬものにしている。高貴な香りが、子を美しくも遠いものにするようだ。

逆縁はこの世の悲嘆の最たるもののひとつだろう。句の語る以上の多くを付け加えることは、私にはできない。ただひとつ言えるのは、そのときでも作者は俳句を手放さなかった。

ことがらを言葉にするとき、人はことがらのただ中よりほんの少し外側へ、自分を移すのだと思う。言葉に定着させるには、離れて見ないといけないから。ことがらを、あるいはことがらの中にいる自分を、もっともよく表すものは何だろうと考えて、語句を入れ替えたり音調を整えたりの作業をはじめる。それは立ち上がる第一歩ではないだろうか。

悲嘆の癒える日は来ないかもしれない。親戚で子を弔い、今は90を過ぎている女性の話を聞いてもそう思う。

心に傷を負いながら、俳句を杖に歩いていく。

季語の恵み、俳句の恩寵

私は俳句をはじめて間もない頃、人によく訊ねられた。「やっぱり病気の句を作るんですか」。エッセイでは『がんから始まる』（文春文庫）というタイトルの作品まであるから、そう思うのだろう。私は笑って「あー、それは考えつかなかった」と答えつつ、心の中でつぶやく。詩のジャンルでそれをするなら、俳句でなく短歌を選ぶことだろう。そして私は散文でぞんぶんに表現したから、もういいのだ。そんなかすかな反発もあって、病気のことはけっして詠むまいと思っていた。

ある冬、番組の題は「息白し」だった。入院していた病棟の廊下が、まっさきに目に浮かんだ。

空調が一定の温度にセットされているとはいえ、早朝は寒い。人が亡くなるのはなぜか、明け方が多かった。壁越しに人を呼ぶ声や泣き声が聞こえ、何ごとかと部屋を出てみて、隣室での臨終を知る。人のいない廊下は、長く冷たかった。

当直の交代する時間帯。救えなかった無念を胸に、医師らは引きあげていくのだろうか。次こそは助けようという決意や使命感も、そこにはあると信じたい。そして私は不安と希望をふたつながら抱いて、手術後の人生へ踏み出そうしている。この先何が持ち受けているかはわからないが、少なくとも今日は新しい朝を迎えられた。息が白いのは、体温があるからだ、生きているからだ。

息白きがん病棟の朝《あした》かな

恵みとしての季語を感じた。俳句の恩寵性を感じた。堅く閉じ込めていたことを、「息白し」という季語が自然に引き出してくれていた。身構えていた私に、ふっと力を抜くことを、俳句が教えてくれていた。

そのとき私はまた一歩、先へ進むことができたように思う。

力を借りればできること

「私」の枠を超えられる

俳句は五七五である。五七五のどこかに季語を入れる。季語は歳時記に載っている。この3つを頭に置いて、はじめて句会に参加した。40代半ばのこと。6月の会で、あらかじめ出された題は「夏至」。私の句をふたつ挙げると、

夏至の朝のうぜんかずらひとつ咲く

筒鳥を隠して深し夏至の山

俳句に親しんでいる方からは、即座にダメ出しが来るだろう。そう、そのときの私には、季重《きがさ》なりについての知識がなかった。一句に季語は原則ひとつと、句会に出てはじめて知った。

すると、出された題以外の季語は、原則使えないわけか。歳時記の総索引をめくって驚

く。一年じゅうあるではないかと思われるものまで、季語に定められている。襖、布団、ハンカチ、ブランコ、ゴム風船も。春の宵、ベランダで流れ星を見上げたら、隣の人の香水でくしゃみが出た、なんてときはどうする？

日頃目にするもの耳にするもののほとんどが、季語となっていそう。それらを避けて句を作らないといけないとは、季語って、なんと不自由なものなのか！

その印象は1年余りで、正反対に変わった。今の私は、季語なしに俳句は考えられない。ちなみに一句一季語も絶対ではなく、軽重がわかるならばふたつ以上入れてもいいそうだ。が、印象が変わったとは、そう知ったからではない。

例を挙げると、ある年の11月の会で、参加者のひとりが詠んだ。

秋日和触れて小さき犬の乳

秋日和。その一語でもって、青く澄んだ空がまず思い描ける。すみずみまで晴れわたりながら、夏のそれのように、地上のものを傷めつけるほど、過酷に照ることはない。天高く馬肥ゆる秋と言うがごとしで、生きものに優しい空。

その穏やかで清浄なイメージが基盤になり、犬を飼ったことのない私も、

「飼い犬を抱き上げて、偶然乳に触れてしまうこともあるのだろうな。きっと、命を育むものにしては、はっとするほど小さくて、そこからさらなる愛しさがわいてくるのだろうな」と共感できる。犬を飼ったことのあるなしといった、個人の経験の小さな枠を、季語は超えさせるのだ。

季語に思いを託す

自分で詠むときも、その句を人に読んでもらうときも、季語をどれほど頼りにしているかしれない。

犬山の日本モンキーパークを訪ねてのこと。さまざまな猿を見て回ったあと、施設の裏に、慰霊塔があるのに気がついた。人間の墓と同じように、花が供えられている。たしかに、これだけの数の猿がいれば、この地で亡くなる猿も、少なくなかろう。遠く異郷で果つる身となった彼らに哀惜をおぼえると同時に、その死を悼み懇《ねんご》ろに弔う人たちのいることに、救われる思いもした。

猿に限ってのことではなかった。上野動物園にも、動物たちの霊を慰める碑があった。私たちの心性では、それだけ動物が近いのだ。

そういった感慨を、わずか五七五で述べるのは、とても無理。でも季語の力を借りるなら、不可能ではなくなる。12月の句会に、作って出した。

短日や象舎の裏に慰霊塔

ふと目を上げれば、薄闇がすぐそばまで迫っている。その心許なさ、寄る辺なさが、短日の一語によって、読む人の胸にわくなら、犬山がどうした上野動物園がといった個々の状況説明抜きでも、伝わるものがあるのではと。

でも、この季語で作るのは適切ではなかったかもしれないと、後に考えた。

本意、という言葉が、句会ではしばしば出る。その季語が表す、もっとも中心的なるもの、もっともそれらしいありようのことらしい。

私の用いている『俳句歳時記　第四版』（角川文庫）の、各季語の説明には、本意という欄は設けられていない。が、短日の説明文には「冬は日の暮が早い。秋分を過ぎると、すこしずつ昼の時間が短くなり、冬至には極限に達する。一日がたちまち過ぎてしまう気ぜわしさがある」。

すなわち、気ぜわしさこそが短日の本意であって、心許なさ、寄る辺なさとは違いそうだ。象舎の句はたぶん、短日という季語の本意を正しくとらえていなかった。けれど俳句のありがたさ。詠むほうの不完全さを、読むほうが補って余りある。欠けたところを埋める補い方ではなく、別なほうへとふくらませてくれる。

象舎の句には次のような鑑賞が述べられた。句会では無記名で提出された句から、おのおのが好きな句を選び、どのように読んだかを発表し合うのだ。選んだ人の評は、短日の一日の過ぎる速さに追われるように歩きながら、慰霊塔にふと足をとめた、裏にあるのでふだんから、ましてや短日の気ぜわしさの中では顧みられることのないだろうそれに、感ずるものがあるのはわかる、と。

私の見たとおり、感じたとおりが、読む人の心に再現されることをめざさない。私の五七五をきっかけに、各人各様の想像世界を広げていただければ十分である。それが可能なのは、季語があるがゆえだ。

17音の大きな世界

「季語には、日本文化のエッセンスが詰まっている」。『俳句歳時記　第四版』の序に記されている。「俳句がたった十七音で大きな世界を詠むことができるのは、背後にある日本文化全般が季語という装置によって呼び起こされるからである」。

何本も傍線を引きたい文章だ。季語は、私の作った五七五を、私一人《いちにん》の限界から解放し、広い場へと押し出してくれる。

短日という季語が、人の心に抱かせる感慨なり情趣なりを、仮に円で示すなら、円の範囲は、人によってさまざまだろう。だが必ず、円と円の交わる部分、数学でいう共通集合がある。逆に言えば共通集合のある言葉が、季語として残ってきたのだろう。他の人と分かち合える部分があるからこそ、それを基盤に、私は私の見たこと、感じたことを、自由に句にすることができるのだ。

季語を入れない無季俳句もあるが、さきの文章にいう「装置」なしで、人の心に何かを起こす17音を一から構築するのは、たいへんだ。挑戦する価値はあるだろうが、まずは私は、先人が遺しておいてくれた季語という装置を利用……というと言葉が悪いが、使わせていただこう。

使わせていただくからには、装置がもっとも効果的にはたらける据え方をしなければ。季語の選び方ひとつで句は変わると、句会ではよく言われる。

どう選ぶか？

私が手がかりとするのは、歳時記で各季語の脇についている説明文だ。季語によっては1行しかないそれを読み込み、季語の本意を探っている。が、句会で評を聞くと、本意をそのままなぞるような句が「いい句」というわけではないらしい。つかず離れず。その加減が、なかなか難しい。

季語をどう選ぶか？　という私の問いに「最終的には勘」とひとりが答えた。勘とはいかにも頼りないが、付け加えて言うに「ただしその勘は、全力を投入する、いや、全人生をかけるものだ」と。全人生と聞くとあとずさりしてしまうが、それまでの経験すべてを通し培われた勘、といった意味だろうか。

語彙が増える新鮮な体験

句会で題として出される季語には、ふだんあまり使わない言葉が少なくない。3月の題だった「蝌蚪《かと》」はおたまじゃくしのことで、そのとき私ははじめて知った。6月の題「芒種《ぼうしゅ》」も、天気予報で聞いたことがあったかな程度。二十四節気のひとつでこの頃から梅雨めいてくる、芒《のぎ》のある穀物の種を播く、と歳時記で説明を読んでも、ちんぷんかんぷん。苦しんで作るがゆえに、忘れがたい言葉になる。

知らない言葉を知っていくのは、とても新鮮。俳句を作ってみたいけど尻込みをする人がよく言うのは「語彙が豊かでないから」。それは逆。俳句を作ることで、豊かな日本語にふれられるのだ。

言葉の表すところの事物そのものへの接し方も、少し変わってくる。2月の題に出た「猫の恋」は早春の猫の発情期。喧嘩してわめかれたり、一階に住む人はすぐ外を駆け回られたりすることもあろう。

私もそうで、騒々しさに耐えかね追い払うこともあったほどだが、季語と知ってからは、「あ、これか」。なんとか五七五にできないかと耳を澄ませるのだから、変われば変わるものだ。

使っている歳時記は春、夏、秋、冬、新年の各巻に分かれており、一年で一巡する。俳句に親しむ年が重なるにつれ、何めぐり、何十めぐりとするようになる。そのたびに、作ったことのある季語が増えていく。

季語は私たちに与えられた恩恵であり、詠まれるのを待っていると、ある俳人は言った。季語との新しい出合いが楽しみだ。

遅くても、はじめてよかった

とにかく人に言ってみる

句会の楽しさを今は臆面もなく語る私だが、40代半ばで最初の一歩を踏み出すまで、とても時間がかかっている。

最初の句を作って半年間は、俳句番組にインターネットでときどき投句。月2回のあとは2ヵ月あくなど、不定期な作り方だった。作ることすらはじめずに入門書を読むだけだった年月もある。

その頃の自分と対面できるものなら言いたい。「そんなことしていないで、人といっしょに作る場へ早く出なさい、句会やカルチャー教室へ参加するのでも、結社に入るのでも通信指導を受けるのでもいい、何らかの方法で人に読んでもらい、反応の得られる場を探しなさい」と。

ある程度うまくなったら、そういう場にデビューしよう？　それは間違い。うまくなっているかどうかなんて、自分では判断できない。判断できるつもりでいるのは、ひとりよがり。私もインターネット投句していた頃は、自分の句がそこそこうまいけれど惜しいのか、箸にも棒にもかからないのか、わからなかった。

まずは本で勉強してから？　真面目な人ほどそう思うもの。俳句の基本ルールを学び、人の句を読むことはたしかに必要だ。が、作りはじめると読み方が変わる。自分が五七五にまとめ上げられなかったあの風景をこう詠んだか、など、気づくことが断然多い。

私は最初のインターネット投句をして半年後、そのことを話した知人の紹介で句会に参加。以来月1回のペースで出るようになった。場を探している人にはこうおすすめしたい。「俳句、はじめました」と周囲にとにかく言ってみる。俳句をする人は多く、意外と身近にもいて、そこから道が開けることがあるものだ。

自然への畏敬の念が増す

定期的に作りはじめると、どんな変化が起きるか。

まず歳時記を開く習慣がつく。

たとえばニュースで「今日は立春です」と報じている。以前は聞き流していた。春といってもまだまだ寒い。現に天気予報では明日は雪だそうだし、くらいに。

今の私は「立春」となると、歳時記の冬の巻を本棚にしまい、代わりに春の巻をとる。その日以降句会に出すのは春の句になるので。

目次を見れば「春の雪」という季語がある。冬の雪と違うのか。次の日実際降ったなら、外出帰りに立ち止まり、傘を傾けてしばし眺める。ときならぬ雪を恨んで、家路を急ぐだけでなしに。ものごとに注ぐまなざしは、そんなふうに変わってくる。

住んでいるのは集合住宅、周りじゅう舗装されている。田畑や野山はおろか土すらも公園や人の家の庭以外にない。歳時記に載っている季語の大半は生まれてこの方見たこともなく、俳句には向かない環境と思っていた。

が、ニュースが「啓蟄《けいちつ》」を告げる頃には、どこからともなく蟇《ひきがえる》が舗装道路に這い出てきている。毎年毎年判で捺したように同じ頃。「自然のリズムってすごい」と畏敬の念を抱くとともに、都市生活でも季節は感じられるから俳句には不利とか無理とか尻込みする必要はない、と思い直すのだ。

季語という決まりそのものを不自由と感じる人もいよう。私も最初は、「障子」のように一年じゅうあるものまで季語だなんて、やりにくいと感じた。今はやりにくいどころか、季語に定めておいてくれて助かった！　という感じ。句の中に「障子」と置くだけで、外の寒さから隔てられた落ち着きや、冬の座敷にいるしんとした心持ちを、読む人がイメージしてくれる。その部分は共有されているという安心感に依拠して、残りの部分をのびのびと作ることができる。季語のおかげで自由になれる。

「俳句がたった十七音で大きな世界を詠むことができるのは、背後にある日本文化全般が季語という装置によって呼び起こされるからである」。私の使っている歳時記の序にあるこの文章を私は何度嚙みしめたことか。この本でもくり返し引用するかと思う。この便利でありがたい「装置」を最大限頼りにしている。

過ぎゆく時を深く味わう

歳時記で例句にふれる。この人はどんな句を作るのだろうと他の本も読む。そうしていつの間にか覚えた句が、暮らしの中でときどき浮かぶ。

夏の夜、家へ帰る途中の商店街。昼間より蒸し暑さがやわらいで、食べ物を売る店も中で食べさせる店も戸口を開け放ち、風を通している。エスニック料理の香辛料や饐《す》えたような魚醬の匂いが、人声と混じり合い漂ってくる。

市中《いちなか》はもののにほひや夏の月　　野沢凡兆《ぼんちょう》

そう、ものを売ったり食べたりする人の営みが、ここにはある。そう思うと、通りの匂いやざわめき、温度、湿度までいとおしくなる。日常のありふれた一シーンを、俳句を媒介として、より深く味わっている。

旅先でも同じこと。吟行のような俳句を作るための旅でなくても。秋の午後、仕事で新幹線に乗っていた。目を上げると、窓の外には山々が。そこへ早くも傾きかけた日が当たっている。

われら去るあとに日当る秋の山　　桂信子

思いがけぬ穴を覗いてしまったような怖れ、寂しさ。こんなふうに忙しくしている自分も、自分の知る誰かれも、いずれ必ずこの世を去る。同時に穴の底にうっすら光も見えるようだ。今生きている人全員がいなくなったあとでも、山々は今と同じく秋の日に美しく照り輝いているに違いない。移動中の何でもないはずの風景が、俳句を通し、しみじみしたものになる。

私は時間に対し欲張りな質で、したいこと、しなければならないことで時間を埋めていくことが充実であり、有意義な生と思っていた。でもそんなふうに詰め込むだけが豊かな時間をすごすことではないと、俳句をはじめて感じるようになった。前はもったいなくて仕方なかった隙間時間が、今は苦でない。

折々に浮かぶのは人の句がほとんどだが、たまに自分の思いが五七五になることも。ある夏、渓流に遊んだ。谷川へ行くには林道を歩く。林の中についている、舗装もされていない、ふだんは山仕事の軽トラックしか通らないような一本道だ。道のへりから比較的緩やかな斜面を見つけて水辺へ下り、帰りはまたそこを上がって、元来た道を戻る。体は重いが、疲れるまで遊んだ満足と、ゆく夏を惜しむ思いを胸に。

足もとの地面に缶切りがひとつあった。飯盒炊爨《はんごうすいさん》などに興じ、私と同じく心ゆくまで夏の一日をすごした人が、落としていったのだろうか。

林道に缶切ひとつ夏終る　岸本葉子

人生のどの一日も二度とは来ない。慌ただしい日常の中では、たちまちに後ろへ流れていってしまう「あの夏あの日あの思い」を五七五にすることで、定着させることができる。それは時を再び味わい返すよろこびとも言える。

「自分は小さい」ことを知る

「あの思い」と書いたが、俳句は寂しいとき「寂しい」と、思いを直接言葉にするものではないようだ。歳時記の例句を読んで気づくのは「寂しい」「嬉しい」といった形容詞が少ないこと。大半は名詞と動詞。動詞すらない句もある。

名詞は「もの」や「こと」を指す。寂しいという思いを抱いたとき、自分にとっていちばん印象的だった「もの」ないし「こと」は何だろうと考える。渓流遊びの帰りの例では缶切りだった。

何だろうと考える。それは思いに少しだけ距離をとり、思いを見つめ直すことである。そのときの私は、思いのただ中から数歩抜け出ている。思いにとらわれた人ではなくなろうとしているのだ。

句会でよく出る指摘がある。句の中に因果関係を持ち込んではいけない、と。作ってみると、これが案外難しい。花びらが吹き上げてくる、風の逆巻く谷だから、のような理由づけ、意味づけをついいしてしまう。

説明がつくと落ち着くのだと思う。私たちをとりまく現象はめまいがするほど多様だから、既知の枠の中に収めて受け止めたくなるのである。

でもたとえば次の句は、どうだろう。


ちるさくら海あをければ海へちる　高屋窓秋《そうしゅう》

「ければ」のかたちをとっていても、そこには因果関係はない。圧倒的な海の青と、白い桜のはなびらとの目が痛くなりそうなコントラスト。その前にはいかなる理由づけも意味づけも非力である。解釈したくなる自分を放擲《ほうてき》し、吸い込まれるような青海原へ、桜とともに身を躍らせるほかはない、小さな自分の狭い枠内に広い世界を押し込めようなどとは、いかに無謀で不遜だったかを気づかされる。

句会には、中学や高校で俳句をはじめたと語る人が少なくない。私は羨み、想像する。「我」の成長拡大期で、何かと揺れる10代や20代。思いと静かに向き合って抑制的に言葉を扱う、俳句という表現を持っていたなら、私の若き日は、人生はどんなだったか。

本当は40代よりさらに溯《さかのぼ》り、もっと早く俳句と自分を出合わせたかった。が、惜しんでも仕方がない。遅くなってしまったけれど、はじめることのできたほうを幸いとしよう。

初心はだいじ

趣味を同じくする仲間と顔を合わせることができず、モチベーションを保つのが難しい日々だが、遠隔で投句や選句をしたり、以前句会で言われたことを思い出したりし、なんとか学び続けている。

「今回はうまく行ったか」と思う句を投句して、次のように指摘され、がっかりしたことがある。「はめ込みの言葉ですね」。

世の中にすでに広まっていることわざや成句、またはその一部を持ってきている、ということのようだ。わかりすい例を作れば、「春雨や情けは人のためならず」「蟇《ひきがえる》石の上にも三年と」など。

短い17音でも何か、人の心に届くものにしたい。その思いがある中、春雨なり蟇なりに抱いた自分の感慨が「世の中でよく言われるところの、あの感慨なのでは」と気づく。その言葉を持ってきて、季語と合わせて一句にまとめる。

もともと慣用句だからかたちは整い、句会で点の入ることがある。すると先生や俳句歴の長い人から、さきのように言われてしまうのだ。

言葉を「これで届くかしら、どうかしら」とどきどきしながら、一から組み立てていくのが本来ならば、すでに流布し、多くの人に受け入れられている既製品の言葉を借りてすませるのは、安易なことなのだろう。「貴重な17音を自分のものでない言葉に使わない」と厳しくたしなめた先生もいた。

「ことわざを17音に使おうなんて、考えたことはない」という方もいよう。では次の例はどうでしょうか。

新蕎麦をすすりて妻と二人旅

ねんねこの中の瞳のつぶらなる

ことわざや成句ではないけれど、セットになっている言葉がある。蕎麦は「すする」、鍋は「つつく」、酒は「酌み交わす」。「つぶらな」瞳、「ほそき」腕などなど……。

はめ込みの言葉とは意識しないほど、なじんでいる。歌謡曲でも小説でも数えきれぬほど目や耳にする。

よく使われるのは人に届きやすいからで、最大公約数的な伝達力を持つのである。が、自分の俳句で使うかどうかには、慎重でありたい。

蕎麦なり瞳なりを句に出して、あまりにもすんなりついて来る言葉は、既製品ではないかと疑ってみる。おさまりはいいが、自分の詠みたいことは本当に「すする」「つぶらな」なのか。

旅先で妻は新蕎麦を、ゆっくりと噛んでいたかもしれない。あるいは噎《む》せてしまったか。ねんねこの中の子の瞳には、何が映っていただろう。目やにはついていなかったか。

その、噎せたり目やにだったりから、自分ならではの詩が生まれるのだと思う。新蕎麦を、瞳を、句の中心に据えたところで、気が緩んでしまいがち。だが、そこが踏ん張りどころだ。

次の例は一見、詩を成立させられたように思える。

　春の野に光放てる子どもかな

無心に遊ぶ子どもの輝かしさ、聖性のようなものを伝えたい気持ちはわかる。けれどこの17音からは、子どもの様子や動きは見えてこない。「光」へ行くよりも、何を持っている、手がどう、足がどう、などと写生するほうが、無心な様子や動きを、読み手が思い描くことができ、ひいては聖性を感じることになるのでは。

ここに来て気づく。既製品の言葉の反対物は、観察に基づく写生だと。ものをよく見る。俳句をはじめて最初に言われるそのことが、詩の出発点なのだ。

初心を忘れず、折にふれ基本に立ち返る。一生ものと信じられるこの趣味の道を、そのように歩んでいきたい。

足していいもの、引いていいもの

趣味を続けていく上で、人からの学びは大きい。私にとっては句会がそうだ。句を評する中で「ここは検討を加えたいところね」「ここはやりすぎ」といった話がよく出る。いわば俳句における、足していいもの、引いていいもの。

そういう視点で、私の心がけていることを書いていきたい。

「とってもらいやすい句」をめざさない

引いていいもののいちばんに、選者への忖度《そんたく》が挙げられる。句会では先生役をつとめる人、投句では優秀作を文字どおり選ぶ人だ。句を作る際、つい次のように考えてはいないか。「どんな句が選者の先生にとってもらいやすいだろう?」。そのパターンのようなものを、選者の作品に探り、それに合わせて作ろうとする。

句会への参加も投句も「この先生の選を受けたい」と願ってのことだから、そう考えるのは自然なこと。他方、俳句番組で選者になった方々は、異口同音に言われる。過去の私の作品に似た句を送ってくる人が多いが、それは違う、選者は「見たことのない句」に出合いたいのだと。2句でどちらか迷ったら、見たことのない句のほうをとると断言する人もいた。

選者の既発表句を試験の「傾向と対策」をつかむつもりで読んでいた私には、グサッと来た。

たしかに番組の優秀作には、「この先生はこういう句もよしとするのか」と意外に思う句もある。が、先生の評を聞くと、なるほどなのだ。

野球に喩えれば、ストライクゾーンが予想より広い。球種はさまざま。が、キャッチャーミットに届いたときバシッという手応えを伝えてくる句。力いっぱい投げればボールすれすれでも、しっかりと受け止めてくれる。

「とってもらいやすい句」をひとり決めし、はじめから狭い範囲に球を集めるのはつまらないし、キャッチャーに失礼。そう思うようになった。

「見たことのある句」になっていないか

たくさんの句を見ている選者にとって、どんな句なら「見たことのない句」かは知るよしもない。それを問うより、自分自身が「見たことのある句」になっていないか、点検する。

私はひと頃「〜にひとつの〜」というかたちでまとめてしまいがちだった。

白南風《しろはえ》や島にひとつの金物屋

といったものである。「白南風」は夏の季語で、梅雨明けの明るい風だ。旅先の島で金盥《かなだらい》が店先に並べてあった。乾いて光っているようすが「白南風」と合うと。実際に一軒しかないかどうかは、わからない。が「ひとつ」のほうが詩になりそう。

歳時記にもこんなかたちの句があった気がするし、前に句会でも、このかたちで作って選んでもらえたことがあるから安心……それこそが「見たことのある句」。自分ですらそうだったら、たくさんの句に目を通す選者は飽きるほど、だろう。まさしく「あるある」。「〜にひとつの〜」のかたちがいけないわけではない。理由や必然性がない限り、読む人のミットにはバシッと響かないのだ。

無難にまとめてしまわず、もうひと踏ん張り考える。もしかして自分の本当に詠みたいのは、金物屋でなく金盥かも。金盥そのものをもっと描写しようか。そのもうひと踏ん張りが、足していいもの、足したいものだ。

人に誉められるためではない。したいことを追求するのが趣味なのだから。

打ち込めるもののあるありがたさ

コロナ禍によって、人に会うことがこうもできなくなろうとは。集まっての句会をまったくしていない。座の文芸と言われる俳句には危機だと憂える声も。

危機に遭うと人は乗り越える知恵を絞る。メールを利用し、非対面で句会をするようになった。前々から若い層はネットで句会を楽しんでいると聞いても、「座の文学というあり方からは、どうも……」と心が動かなかったが、そうも言っていられなくなった。柔軟に構えなくては。

やってみれば、家にいながら人の句を読めて、自分の句も読んでもらえるありがたさ。息を詰めて逼塞《ひっそく》するような日々の中、打ち込めるもののあるありがたさ。

俳句における「足していいもの、引いていいもの」を考えているところだが、会えない思いがつのる中、心情を詠むことを取り上げたい。

心情は、ひらたく言うと気持ちである。ひとりでいるといろいろな気持ちがわいてくる。秋なら、そうでなくてもしんみりする季節、私は亡き親をしばしば思う。命日がもうすぐだ。人によって、離れて住む孫が秋の夜長はことに愛しく感じられる、伴侶に先立たれた寂しさが虫の声を聞くと身にしみるなど、さまざまだろう。

そのまま五七五にするならば、

秋の夜や遠くの孫の愛しくて

虫鳴くや妻の先立つ寂しさに

こうした句は、句会では残念ながらあまり点が入らない。先生のいる句会ではこう指導されるかも。「愛しい」「寂しい」といった心情を直接表す言葉は、使わないほうがいい。使っている句が、歳時記の例句にもままあるので、使っていけないわけではないだろう。が、共感は得にくいようなのだ。

俳句に親しんでいるからには、気持ちを詠みたいのは自然なこと。学校の作文でも、気持ちがわかるように書け、と言われてきた。俳句は作文よりずっと短いため、気持ちがわかるようにするには「愛しい」「寂しい」などの心情を述べる言葉を使いたくなる。それがなぜ、共感を得にくいのか。

人と話す場面に移して考えよう。「夫がもう情けなくて」。いきなり嘆いたら、言われたほうは「えっ、何？」と困惑してしまわないか。身に起きたことを具体的に聞いてはじめて「なるほど、たしかに情けなくもなるね」とうなずける。

共感に至るには、状況を追体験することが必要なのだ。「愛しい」「寂しい」と直接言うのは、この追体験の過程を省き、いきなり気持ちを訴えるのに似ている。

状況を長々語るなんて17音しかない俳句には無理、と思われることだろう。長々語る代わりになるのが、ものだ。作者の置かれた状況を象徴し、作者が「愛しい」「寂しい」と感じたきっかけであるものを、句に出す。

さきの遠くに住む孫であれば、たとえば孫から来た手紙だろうか。いくたびも読む孫の文《ふみ》、などとあれば、愛しさのみならず、孫が近くにいないことも、それで伝わる。ひらがなばかりの孫の文、のように手紙をより具体的に書けば、孫の幼さまで表せる。

先立った妻なら、裁縫箱や鏡台などがまず考えつくことだろう。まず考えつくとは、類想なのでインパクトが弱く、たとえば買い物メモや歯ブラシなら、筆跡や毛先の開き具合が、故人をより生々しく思い出させる。

それらがまだ残っていることを示せば、逝去から間がないと読む人にわかり、「虫の鳴く中こういうものを目にしてしまったら、たしかに寂しさは痛切だろう」と感じられる。「寂しい」と言わずして、寂しさを伝えられるのだ。

心情を直接表す言葉を引いて、その気持ちを自分に抱かせたものを足す。人と会って話せるようになったとき、気持ちを分かち合う方法としても、とってみたい。

俳句はなぜ人の心に刺さるのか

私たちの心の中には、話したいことがたくさんある。俳句で表現しようとしたら入りきらない。あれをあきらめ、これも端折《はしょ》って、ようやく五七五にして句会に出すと、それでも詰め込みすぎと言われてしまう。他にもいろいろ、説明してしまっているとか、報告しているだけとか。

何が説明で、どういうのが報告か、正直よくわからない。定義を求めても、余計わからなくなりそうなので、私はもっと実践的な解決策を探っている。例に則して話そう。

正月なら、離れて住んでいる子どもがようやっと孫を連れて帰ってきた家も多いだろう。特に2022年のことなら、コロナ禍で夏は帰省を控えたので、1年ぶり。ふだん夫婦ふたりの家だから、お節料理やお餅の買い出し、取り皿だ、雑煮椀だと忙しいけど、嬉しい準備。三が日は家にいて、かるた取りなどして賑やかに団欒。このことを、さて、どう一句にするか。

1年ぶりに会えた孫と団欒……これだけでもう17音。季語も入れていないのに。季語を入れ、かつ17音に収めるには、何を言い、何をあきらめるか。

四苦八苦の末、仮に次のような五七五ができたとする。

数へ日や孫の来るとて忙しく

お正月一年ぶりに孫迎へ

賑やかに孫とすごせる三が日

詠みたいことはたしかにそうだが、句会ではたぶん、状況を説明しているだけですねとか、報告ですね、と言われてしまう。

説明や報告に感じられてしまうのは、読み手が「ああ、そうですか」「それはよかったですね」としか反応のしようがない、話としてはわかるけど、自分のこととしてはピンと来ないのだろうと思う。今ふうに言えば「刺さらない」。

ピンと来てもらうにはどうするか。ドラマに喩えれば、ナレーションで語れることを落としてみる。

筋書きを述べずに、映像を見せる

詠みたいことをテレビドラマに作ると想像しよう。見たことのあるドラマを思い出して。NHKの朝の連続テレビ小説はわかりやすそう。「孫を連れて帰省することになりました」「コロナのため1年ぶりの団欒です」「三が日は賑やかなうちに過ぎました」。こうしたことはナレーションで語られそうだ。

では、ナレーションの流れているとき、画面に映りそうなものは何か？　上がり框《がまち》にどっかり置く買い物袋、切り分けたお餅20個、拭き上げた雑煮椀、並びきらないほどのお節の取り皿、畳いっぱい広げたかるた、孫にもとれる蟬丸の絵札……。

端折らずに言葉にしたいのは、こうした映像のほうだと思うのだ。足していいもの、引いていいもので整理すれば、ドラマにしたときナレーションで語れることは引き、映像で見せるところは足す。雑煮椀なり絵札なりが、読み手の目に浮かべば、その人にも何かしら覚えがあるかもしれない。

ナレーションで語れるのは、筋書きであり、起きたことの要約である。私たちはふだん文章を短くしないといけないとき、大意を要約して縮める。俳句では、大意要約では落ちてしまうことに、伝える力があるようだ。

人との会話で、わからせるより「刺さる」のも、そういうことの気がする。

「あるある」「あっ、ある」

「縮む母」という珍現象を、俳句番組の控え室で櫂《かい》未知子先生に聞いた。俳句ではなぜか母は「縮む」。俳句で詠まれる母は「小さく」て「どこへも行かない」人である。ついでに言えば父は「大きく」「背中が広く」、子は「はしゃぐ」。そんな句が番組やそれ以外への投句でもいかに多いことかという。

同様のことを阿部筲人《しょうじん》という人が書いていて(『俳句』講談社学術文庫)、50年以上も前に書かれた本のようだが、同様の例があることあること。

妻は「若く」、縁側にいるのは決まって老人と孫と猫。犬はいない。帰路は「急ぐ」。柿は枝に「たったひとつ」残り、夕陽に「照る」。「はめ込みの言葉」でも取り上げたセットになっている言葉もそれ。誰に言われるわけでもないのに、初心者に句を作らせると必ずそうなると。そんな「あるある」俳句が、字の詰まった文庫で500ページ超にわたり挙げられている。

笑って読んでいた私も、しだいにひきつってきた。思い当たる例がいくつも。私も同じような句を作っている。

「あるある」俳句を生む発想を、俳句では類想と呼ぶ。いろいろな先生に聞いてわかったのは、類想が一概にダメなわけではないらしいこと。特に初心者はおそれるな、と。私も覚えがあるのだが、俳句をはじめて間もないうちは、とにかく五七五にまとめるので必死である。ようやっとまとめ上げて提出した句を、「こういうのはすでにゴマンと詠まれている」と片っ端から否定されたら、心が折れる。はじめから類想かどうかを気にしていては、萎縮して何もできなくなってしまう。

類想かどうかを気にすべきは、俳句を少し作ってきて、初々しさを失った頃。吟行でいちいちドキドキしなくなった。定型感覚が少しは身につき、前ほど苦労しなくても、五七五のかたちをとるようになった。句会で点の入る句を見て「こうすれば俳句らしい」といったパターンが、蓄積されてきた。それらに無意識に乗っかって「うまいこと考えた」。で、十分に点検せずに投句する。中途半端な慣れと詰めの甘さが「あるある」への落とし穴なのだ。

うまいこと考えたといい気にならず、「人の考えることに大差はない」と謙虚な心を、まず持とう。その上で、投句の前にチェックしたいポイントを挙げてみる。

常套的表現に飛びついていないか。常套とはいったいどんなもの？　俳句以外の例を挙げればピンと来よう。色っぽい小説に出てくる美人はたいてい「豊満なのに着やせする」。それって何？　太い、細い、どちらを言いたい？　そういう少し意地悪な突っ込みを自分の句に対して、する。

イメージの出どころはどこか。童謡、流行歌、ドラマのワンシーンなどの刷り込みではないか。麦わら帽子というと谷へ飛ばしたくなるのは、西条八十《やそ》の詩の読みすぎか、角川映画の見すぎ。「母さん、僕のあの帽子、どうしたんでしょうね、○○峠からの道で、谷底へ落としたあの麦わら帽子」……。

句会で人がこの句を出したら、選ぶ気になるかどうか。このチェックは効きそう。概して人は自分の作品より他者の作品に対してのほうが、シビアなものだ。

これらの点検項目でも、自分の句は類想だなとわかってしまっても、あきらめない。そこからが脱「あるある」だ。その方法を探ると、うまい言葉が見つからず、抽象的になってしまうが、次のとおり。

もう一度自分の中へ通す。

言葉の工夫をする。

例に即して見たほうがわかりやすそう。「あるある」俳句。

種袋振るや命のひしめいて

種袋は春の季語で、前年にとれた野菜や草花の種を乾燥させて入れてあるもの。中身を土に播いて水をやれば、芽を出し育つ。それを詩にしようとするとつい「命のひしめいて」としたくなるけれど、ちょっと待った、それは本当に私の感じたことか？　裁判ではないがいまいちど自分の中へ差し戻す。「いや、現実、あのからっからな黒い粒々に命を感じるのは、正直無理」という人はいよう。そうであれば「命」以下を考え直す。

種袋といえば「振る」も「あるある」。句を作るために振ってみてもいいけれど、その動作を何か「振る」以外の言葉に置き換えられないか。語順を、主述を入れ替えてはどうか。いろいろ試してみるうちにふっと「あるある」を抜け出せるかもしれないのだ。

別方面から脱「あるある」を図る方法としては、名句を読むということがある。「人の考えることに大差はない」とさきに述べた。すなわち自分が考えつく程度のことは、すでに誰かが句にしている。

白玉は何処へも行かぬ母と食ぶ　轡田《くつわだ》進

歳時記にも載っているこの句を読んでいれば、「どこへも行かない」母の句をおいそれと投句できないだろう。

逆に言えば、名句に類想的な要素がある、だからこそ多くの人に受け入れられ、読み継がれる。類想は共感と隣り合わせなのだ。

「あるある」俳句を500ページ以上にわたり挙げた文庫の解説に、次のようなことが書いてある。引用ではなく、かいつまんで記す。日本人のものの見方の共通点、最大公約数を、著者はそこに見たのであり「てこでも動かぬ固い岩層」の存在を確かめたのだと。「日本人の発想の諸類型」とでも言うべきものなのだと。

「あるある」から抜け出した俳句は、たぶん「あっ、ある」なのだ。「私も似たようなことを感じていた、でもこの言い方をしたことはなかった」と読み手がうなずき、かつ新鮮に感じる句。そういう句を、私はめざそう。

趣味の道はまだまだ長い。一生飽きることはない。

第3章　「私」の日々を綴って味わう

「じっと眺める」のが私の流儀

30年間にわたりエッセイを書き続けることになったはじまりは、台湾への旅だった。その「前史」に中国の旅がある。

今となってはかなり昔の、男女雇用機会均等法の施行前、幸いにも採用してもらえた会社を、2年余りで退職し、中国北京へ留学した。若気の至りという他ない。「異なる風景に身を置いてみたい。ワイルドなところは無理だけど、都市であっても東京と違って、コンビニとかファーストフードのないような」という、実にふわふわした動機だった。

そう、今でこそ消費生活の盛んな北京《ペキン》だが、30年余り前は、店で餃子を注文すると、配給切符を求められることもあった。

帰国後は、郵便受けに入っていたフリーペーパーでライターの募集を目にし、面接を受けて採用。「システィンパーマが3割引き」といった地域の美容院などの広告記事を、1本3500円で書いていた。

お金が少し貯まり、中国語も少しは覚えているかと、台湾旅行を思いついたのが、198

8年。20代の後半だった。

台湾は東京と同じくコンビニもファーストフードもあった。が、意外なこともいろいろだった。北京ダックの店の看板は「北平《ペイピン》ダック」。北京は、共産党率いる中国が首都に定めたとき改称されたもので、それを認めていない台湾では、それ以前の地名「北平」で呼ぶ。他方、植民地時代の名残らしきものは多々。弁当の包み紙には日本語のベントウに通じる「便當」とあり、北京では使わない言葉だ。

そんなことを文章にし、アジアの紀行書を手がけている出版社に持っていくと、もっと「突っ込んだ」旅をするよう言われた。人に質問をするようにと。

翌89年もう一度訪ねたが、私は途方に暮れてしまった。見ず知らずの人に大陸をどう思うか、日本についてはどうかなどと聞かれたら、私なら心を開かない。

宿にこもった期間を経て、できないならもう仕方ないと、一旅行者に徹して移動を再開したところ、挿話はなぜか向こうからやって来た。バスを待つ発着所で、お茶をすすめてくれた人は、40年前、国民党軍の若き兵士として台湾に来て、大陸に残した親が生きているか死んでいるかもわからないと、問わず語りをした。バスで乗り合わせた人は、植民地時代に恋した日本の娘との別れを、生涯の悔いと打ち明けた。

初の紀行エッセイ『微熱の島 台湾』(朝日文庫)は、こうして生まれた。声高には語りにくいが大陸への、日本への、静かで熱い思いを秘めた人々がいる。そんな印象を、タイトルに込めた。

文庫版の「あとがき」に書いた。人のありようも風景も時代や社会、体制と切り離せない。「風景の前では、人は無力だ。旅する人にできるのは、彼らを乱さず、立ち入らず、ただじっと眺めるだけ。そうしてはじめて風景の中に抱かれることができるのだ」。

ポエジーな表現が若すぎて恥ずかしいけれど、その後の私のエッセイを貫く立ち位置となっている。旅先の風景、日常の中で出合う風景、どちらに対しても乱さず眺めることを基本にしている。

言葉になる瞬間

書くことをおすすめするわけを「はじめに」では、比較的表層のほうから入ってお伝えした。ここでは、やや深いところへ降りていき、自分の感覚を交えて、もう少し述べる。

一般には「感じたことや考えが、内側にまずあってそれを書く」というイメージがあるが、むしろ「書くことで考えがまとまりをなしてくる、感じたことがつかめてくる」のが実際だ。「書くことで」を「書きながら」と言い替えてもいい。「言葉と出合うことで」「言葉に出合いながら」とも言える。

自分の内側を静かに見つめていると、ふっと言葉が浮かぶ瞬間がある。静かに見つめている、とはかっこうをつけすぎかもしれない。池の面――動きがなく、ただ濁った水が溜まっていて平らな、いってみれば退屈な池に「じっと」でも「ぼんやり」とでもいいので目をあてていると、底のほうから小さな泡が上ってきて、空気にふれた瞬間ぱっとはじけて、水面に輪を描いている。その輪が、言葉だ。とりあえず書き留める。

池の端でなおも、釣り堀の釣り人のように同じ姿勢を続けていると、あちらこちらに大小の輪が現れ、消えないうちに書き留めながら、これはこの泡に引きずられて上ってきたな、これとこれは別の群れの泡かな、などと思いはじめ、どんよりととらえどころのなかった池の面がしだいに様相を変えてきて、泡の出どころを探るうちに、思わぬ地下水脈ともつながっている気がしてくる。

とても感覚的な説明だが、私が日々体験している書くということは、そのようなプロセスだ。

自分の内側を見つめる、内側と深くつながることを、「はじめに」で紹介した諸富祥彦氏は「選択的孤独」から「孤独の達人」へ向かう道とする。たしかに、どんよりとした池のことは、人といるあいだは楽しさにまぎれて忘れているが、楽しい時間が過ぎれば元と同じだ。あるいは人といるあいだも、足元にふっと暗い水面が口をあいているような、ひやっとする感じをおぼえて、楽しくなくなるかもしれない。

情報端末の普及により、人とつながることがいつでもできる環境に、私たちはいる。それでも、ときにはひとりの時間を持って、自分の内側としっかりつながるほうが、心は安定するように思う。

筆記用具は鉛筆と紙がおすすめと述べた。泡がはじけた瞬間の水輪を、素早く書き留める作業には、鉛筆と紙が向いているからだ。幾度かパソコンの画面上で試みたが、打ち間違ってやり直したり、漢字変換を待ったりするあいだがもどかしく、言葉をつかまえ損ねそうだった。

紙では、池の面のあちらこちらに現れる水輪を「どの辺」に書き留めたかを、手が覚えているため、あとから浮かんできたものと、関係しそうなものが「あの辺」にあったなと気づきやすい。それらを線で結んだり、大きな円で囲ったりしながら、考えがまとまりをなしていく。この空間的な把握のしやすさや自由度は、鉛筆と紙がまさっていると感じる。

詩人の長田弘さんが小学生の質問に答えて、次のように言ったと聞く。鉛筆は人が言葉を書く道具ではない、人を言葉に導いてくれる道具だと。同感である。最終的に文章はパソコンで仕上げるが、書くことのはじめから途中までは、エッセイを仕事にして30年以上になる今も、鉛筆と紙だ。

日記で心の整理をしていた日々

中学のとき日記をよくつけていた。罫線だけのノートに来る日も来る日も何ページも、何をそんなに書くことがあったのか。40年も前なので詳細には覚えていないが、かなり内面的なことだった気がする。親への反発、教師をはじめとする周囲への違和感。「本当の自分はそこにはいない」的な、今の私からすれば「あるある、10代ってこういうこと言いたがるのよね」みたいなことだが、人生経験の少ない当時は、文字を並べてああでもないこうでもないと捉え返して、ようやく受け止めていたのだろう。

今は基本、長い日記はつけていない。が、未経験のことが持ち上がると、中学のときの行動に戻る。ノートを1冊、日記帳と定め、その日にあったこと、考えたことをこまごまと書く。家の改築なら、自分は何が気になり、どうしたいのか。健康診断の数値がおもわしくなかったとき、どの病院でどういう検査をするか、結果を聞くとき、私は何を決めないといけないのか。状況の整理と、心の整理ができる。

そうした整理は、人に話すことによってもできるかもしれない。でも日記は、特にノートにつける日記は、紙に文字が残る。20年以上前入院したときのノートは、筆圧ひとつからも「あー、手術して間もなく熱がつらかったな」。体温や息づかいまでよみがえる。そのときの自分を身近に感じながら、心の経緯をたどることができるのだ。

特段のことのないときは、日記帳は設けていないけど、スケジュール帳にはこまかく書く。何時にどこで誰と何をした、と。

あとで読むと「あー、この頃は介護が、仕事以外の生活のほとんどを占めていたのだな」。変化のない日々を送っているようでいて、変わっている自分に気づく。家計簿をつけている人なら、たとえば子どもがひとり立ちした後の食費の変化に驚くだろう。加えてページの余白に、その日のできごとを書いておけば、すなわち日記だ。

日記は自分との対話である。「はじめに」に記した、自分の内側とつながることができる。情報機器でいつでもどこでも人とつながれる環境にあるからこそ、たまにはひとりで日記を通し、自分と向き合う時間を持ちたい。

「第三者性」のめばえ

日記について考えるため、昔つけた日記を探してみた。もっともよくつけたのは、何といっても病気のときだ。20年以上前にがんになり、診断を受けてから退院後日常生活が回りはじめるまでのあいだ、非常にこまかくつけている。がんをエッセイに書いてからは再び開くことはなく、本棚の奥にしまい込んだきりであった。

開くことはないのにしまってあったのが、われながら興味深い。生きてきたある時間の凝縮物として、さきの喩えを用いれば、池の底深く沈んでいる。腐敗臭を放つようなものではないから、浚《さら》って捨てることはしなくていいのだ。上澄みをもう十分すくいとったものとして、平らに静かに溜まっている。

日記について書くにあたり自分の日記にふれないのも誠実さを欠くので、思いきって手にとったが、それにより池が濁ることはなかった。

つけてある要素はだいたい決まっている。受けた検査、数値、医師から受けた説明、それについての感想。説明の部分の文字は揃っており、聞きながらのメモではなく、メモは別にありあとから日記へ清書したのがわかる。説明のいわばおさらいであり、理解のためという目的が感じられる。日記の役割、効果として前述した、状況の整理である。

たとえば、診療所の医師が画像からがんと判断し、手術のできる病院へ紹介する段の説明については、次のように整理している。「ポリープ　陥凹性＝悪性の可能性が高い（その逆は、隆起性≒良性）腸管のポリープのある部分を切除してからつなぐ　入院期間2〜3週間」。状況は整理できていそうだが、この日の日記には、がんという言葉がひとつも出てきていない。頭で理解しながら、心情はまだついていっていないのだろう。

感想の部分の文字は、説明部分より雑で、メモの清書ではなく、直に書きつけている。単語ではなく、文章である。文章にまではなっているが、箇条書きにとどまる。すなわち列挙であって、相互に関連づけて、段落を構成し、筋の通った全体として読めるものにはなっていない。

手術のできる病院へ行き、詳しい説明を受けた日は、感想が多い。

- 手術をすれば必ず治るわけではないと、いきなりパーセンテージを示されたのは厳しかった。
- しかし人間には生きる欲望の他に、知りたいという欲望がある。治る可能性がないならそうは言っていられないかもしれないが、この段階では、わかっていること、わからないことを正確に告げられたほうがいい。「隠していることがあるのでは」と信じられず孤立を感じるよりはいい。
- 信じることのできる医師の執刀を受けられるのは、望み得る限りの恵まれた条件と思わねば。
- 開腹は怖くない。開腹してみて転移がどれくらいあるかが怖い。
- 病気ははじめてであり、健康時の性格、ものの考え方がどれだけ維持できるかわからない。が、できるだけ維持したい。
- 今は病気がわかったばかりで、することも多い、一種の高揚状態。この先落ち込みが周期的に来るかもしれない。

•キューブラー・ロスの5段階というものが私にも来るのか。あれは死が避けられない場合だったか（編集部注　死期を控えた人が一般的に、否認、怒り、取り引き、抑うつ、受容という5段階の感情を経験すること）。

•「なぜ私が？」「なぜ病気に？」という不条理感はない。私にだけ不条理なのではなく、もともと病気は不条理である。生老病死、死に向かって生きている存在形式そのものが不条理。

•と、ものごとを抽象的な次元にずらすのも、一種の防衛本能か。

•病気について因果応報的な考えをする人はいる。が「病気になるのに生き方は関係ない」と私は言おう。むしろ病気になってからは、生き方はおおいに関係がある。

長く引用して、読者には気が重かったことと思う。日記を書くことで起こる、何がしかの変化の例としたかった。

告知の日の感想にしては、文章に乱れが少ない印象を受けるかもしれない。未体験のことで、心は当然乱れている。が、文章にすることで整っていくのである。思うに、文章にしていくあいだに、本能に近いところの美意識がはたらきはじめるのではないか。言いっぱなしやえんえんと自問自答では、かっこうが悪い。暫定的なものでいいので、何らかの収まりをつけたくなる。俗っぽい表現をすれば、気取りが生まれると言っていい。

気取りとは、他者の目の意識である。日記は誰に見せるものでもなく、一次的な表出であるけれど、書くうちにしだいに第三者性が入り込んでくるように思う。

この第三者性を意識的に高めていくのが、エッセイである。

「がん体験」をエッセイにして

がんの体験をエッセイに書きはじめたのは、体験から1年余りのことだ。日記はすでに本棚の奥にしまってあった。

相反する気持ちがあった。エッセイにしてしっかり振り返りたい思いと、せっかく日常生活が前へと回りはじめたのだから後ろを向きたくない思いとだ。

試しに書いてみることにした。習作といっては、書く場をくれた人や読んでくれた人に失礼だが、同窓会の会報という限られた人のみの読む冊子で、エッセイを書く機会を与えられた。題材は何でもいいとのこと。書くことの自分への影響を、その機に確かめたかった。

パソコンで最初の字を打つときは動悸がした。こんなに如実に体へ表れるものかと驚き「これをすることが自分にとっていいのか悪いのか。題材を変えたほうがいいのでは」と迷った。

が、少し書くうちに動悸はおさまり、興奮と鎮静が同居するような、いつもながら不思議な時間がはじまった。

とある外科医の語っていたことを思い出す。外科医にとって手術への集中は、快感とも言えるものだと。書くことへの集中もそれと似たものではと思った。

エッセイでは日記より、第三者性が高まる。自分の状況を知らない他者に、わかるように書かねばならない。自分をより客観視する。

詩人の荒川洋治さんは日記について次のように言っている。日記を書くとき人は自分を少し別の場所へ移しているものだ、と。エッセイではその「少し」がもう少し長くなると言おうか。「別の場所」との距離がさらに出る。

エッセイでは字数が決まっている。心の変化への、このことの寄与も大きい。際限なく書ける日記と異なり、ある字数に収めなければいけない。当該のエッセイは４００字原稿用紙で10枚だったかと思う。

その中に収めるため、取り出したり入れ替えたり、まとめてみてはばらしたりの作業をくり返す。日記で行う状況の整理、心の整理が、否応なしにより進む。整える作業中はそれらのパーツを手にしているわけで、いわば掌中に収めている。コントロールできている。がんそのものはコントロールできなくても、書いているあいだの自己コントロール感は高いのだ。

字数の決まっている効果はまだある。規定字数があるとは、終わりがあることだ。ゴールに到着した達成感。作業の結果、できの良し悪しは自分ではわからないが、ともかくもひとつのかたちを作り上げた充実感。

がんに限らず、どの題材でもそうである。原稿用紙３００枚の１冊であれ、３枚の１篇であれ、ひとつ終わらせるたびにそれを味わう。

日々エッセイを書く。それは集中と達成とをくり返していくことである。規模は小さいながら「昇華」が日々あると言っていい。

過ぎゆく日々を2度生きる

日記は人に読まれない。エッセイは読まれる。それは大きな違いである。日々エッセイを書くとき、題材にするのは基本的に、人に話したいことである。最近の例では、ATM操作をしていて、振り込め詐欺を心配されたこと。警官に後ろから声をかけられたのだ。そんなことははじめてで、知っている誰かに会ったら必ず報告するだろう、驚きと「振り込め詐欺を心配される年齢になったのか」という感慨を、共有したい。そういうことを書く。

題材選びはそうだとしても、では書く動機は、人に読まれたいからだろうか、共有だろうか。

必ずしもそうでないように思う。台湾のエッセイも、書いたあとになって読まれたい欲が生まれた。自分にとって感じることが多く、調べたくなり、考えることも多かった経験を、人に伝えたくなった。結果、今度は書くことを目的に2度目の旅をすることになったわけだが、最初の台湾への旅のことを書きはじめたときは「自分が体験した、あれは何なのだろう」と確かめたい思いからだった。旅のあいだ日記はつけていたが、その段階では確かめられた感じがしなかった。

その後、職業としてエッセイを書くことが日常となり、大なり小なりのできごとを題材にしてきた。病気から詐欺疑いまで、例を挙げてきたとおりだ。

それは過ぎゆく時を体験し直すのに近いことに、私にはなっている。人生は1度で、できごとも1回性のものだが「あのとき私は何を感じ、何を考えたのだろう」と言葉にすることで、その時間を2度生きるような感じがする。

エッセイが私にもたらした、いちばんのものである。

承認欲求という言葉をよく聞く。SNSに文章や画像を載せイイネの数を気にする現象にからんで、耳にするようになった。私も書けば読まれたいし、読んでくれる人の数が少ないより多いほうが間違いなく嬉しい。けれど書く動機は、承認欲求とは考えにくい。

心理学者、アブラハム・マズローは承認欲求をふたつに分けて考えており、他者からの承認と自己による承認である。私の書くことは自己承認欲求に発していると思える。

およそどんな書き手も読まれなくなるときが来る。一生を現役で終われる著述家はまれである。読み手がいなくなり、発表の場がなくなっても、私はエッセイを書くだろう。文章を組み立てたり、入れ替えたりしてかたちにしていく集中と充実の時間が、なくなることは考えられない。

何よりも、池の面を見つめる時間が好きである。私は人なつこいほうであり、ジムで同じレッスンの人とも割合よく話しているなと自分でも思うが、池の端に座って水面をじっと眺めていると、本来の居場所はここだと感じる。落ち着く場所があるからこそ、外の時間も円満に営める気がする。

まさしく庵の時間である。

秘訣は読み手を迷子にしないこと

日記からエッセイへ考えを進めてきた。日記とエッセイの違いを、第三者性の高さと述べた。

エッセイの主語は私である。そこにおいて第三者性を出していくには、文章を、具体的にどうするか。技法というのは口はばったいが、書く中で気をつけていることを、ここからはしばらく記す。

何よりもまず「わかりやすく」書く。読み手の頭に「すーっと入る」ことをめざす。文章上でとれるもっとも単純な対策は、一文を短くすることである。

書き手の中では、思考が続いているため、文章も「～が、～ので、～けれど」とずっとつないでいくことができる。むしろ自然な流れに感じられる。しかし読み手には、すーっと頭に入らない。道で何度も方向指示の矢印に出くわすようなものである。とりあえず矢印に従い歩くが、どこへ行こうとしているのかわからないまま、次々と現れる矢印に振り回され、歩くのが嫌になってしまう。到着地点は書き手に見えていても、読み手には見えていないのだ。全体の方向がわからないまま、目の前の言葉をひたすらたどっていくのは、集中を求められる、たいへん疲れることである。

読み手をきょろきょろさせやすい「～が、～ので、～けれど」を減らし、一文を短くする。読み手はきょろきょろする代わりに、ちょっと体勢を整えられる。

方向を示す必要があれば、文と文とのあいだに「だが」「しかし」「そのため」「けれども」など独立した接続詞を置く。

「～が、～ので、～けれど」を使ってはならないと言うわけでは、もちろんない。

一文が短いか、長いかを確かめる、このもっとも単純な方法は、書きながら音読することである。息をつぎたくなったら、そこで切ってみる。

私は声を出しこそしないときも、呼吸を文章と合わせながら書いている。体でリズムをとっているのだ。書くことは体力と、「はじめに」で述べたわけのひとつである。


技法とうたって「わかりやすく」では、がっかりされたかもしれない。言われるまでもなく、とうに行っていると思う人もいるだろう。が、次の例ではどうだろうか。

出だしを「仕事に行く途中のことである」とする。電車通勤の書き手の頭には、電車内のシーンがある。

読み手はそうと限らない。仕事に行くのに車を運転する人、作業場への道を歩く人、さまざまだろう。書き手の頭にあるのとは、まったく別のシーンを思い浮かべているかもしれない。書き手は電車の中のつもりで、続けて「隣にいた人が」と書く。運転中を思い浮かべていた読み手は「助手席に誰か乗っていた?」。道を歩くことを思い浮かべていたなら「誰か並んで歩いていた?」。

私たちは「わかりやすく」書いているつもりで、気づかぬところで読み手を迷わせてしまっている。この文章を読んでいる方もそうかもしれず、だから技法を語る私は及び腰だ。心がけるのは、自分が電車通勤でもそうでない人がいることを想定し、一篇のなるべく早いうちに電車であることを示す。書こうとするできごとの現場に、できるだけスムーズに読み手を連れていく。

読み手は私とは違う人。他者の目をいかに取り込むかが、常に課題である。

できごとを通して、感じてもらう

「自分が体験した、あれは何なのだろう」と確かめる。感想が、思いや考えになっていく。その思いや考えを、読み手に届かせるにはどうするか。

投稿されたエッセイを読む機会が私はある。何かについての思いや考えを述べる際、してしまいがちな書き出しが「〜とは何だろうか。辞書によると〜」。これはすすめられない。

自分の考えを展開するのに、既成の概念からスタートしなくていい。既成の概念を持ってくるとしても、自分なりの考えを述べたあとにしたい。経験から出発したことが、普遍的な何かと通じていると、読み手に感じてもらえる。個から普遍への道筋を設けることになる。手の内をあかすのは恥ずかしいが、私が「はじめに」でモンテーニュの言葉を引いてきているのは、それにあたる。

投稿のエッセイに「辞書によると〜」が少なくないのは、どこかで読んで、そうした書き方がエッセイ「らしい」と思ったのだろうか。たしかにかたちとしてはある。かたちとしてあるということは、第2章で述べた俳句で「見たことのある句」になっているのと同じことが起きている。

加えて投稿のエッセイは字数が少ない。限られた字数を、辞書の記述という人の言葉で埋めてしまうのはいかにも惜しい。これも第2章で述べた「貴重な17音を自分のものでない言葉に使わない」と同じ批評を受け得るし、「規定の字数を満たすことができないから、水増ししているのでは」と勘ぐられもしよう。

エッセイで思いや考えを届けるには、できごとを通して読者に「感じて」もらうことが第一と、私は考える。

できごとの現場に、できるだけスムーズに読み手を連れていくと、さきに述べた。書き手の私が体験し、その思いや考えを抱くに至ったできごとの中へ、なるべく早く読み手に入ってきてもらい、ともに体験してもらう。体験を通り抜けたところで、思いや考えを簡潔に述べ「たしかに、そうだな」と感じてもらう。三たび第2章を振り返れば、俳句は心情を直接的に述べるのではなく、状況を追体験してもらい共感を得る、と記した。それと通ずる。俳句は17音しかないため、状況を象徴するものを出したが、エッセイでは状況を語れる。

できごとに入ってきてもらい、通り抜けたところで、感じてもらえるようにする。すなわち「入り口」と「出口」を、エッセイでは意識する。書くときに強く意識する。スムーズに入って、出てきてみたら、入る前とはほんの少し違うものが心にあった、となることが理想だ。そのとき読み手は書き手とともに、心のやや深いところをくぐってきたのだと思う。

エッセイでも、この、心のやや深いところをくぐったという感覚を得にくいつくりがある。できごとが一連となっておらず、並列になっているものである。夏は私の好きな季節だ、夏といえばこんなことがあった、あんなことがあった、だから私は夏が好きだ、といったつくりだ。

投稿のエッセイなどでこうしたつくりのものがままあって気になる。ツイッターの影響があるように思う。１４０字のまとまりを切れ切れに発信し、まとまりとまとまりのあいだのつながりは、強くなくてよい。そうした発信の仕方に慣れると、書いたものが８００字の規定字数に達していても、読んだ印象は140字+140字+140字……であり、800字としてのダイナミズムが感じられないのだ。

短い文章で発信する機会が増えている今、こうしたつくりには注意したい。

いちばん話したいことは何?

エッセイに書くできごとはどう選ぶか。

投稿のエッセイにはたいていテーマが設けられている。私が読む役をつとめているひとつに、読書をテーマとするものがある。

テーマを聞いて思い出すできごとの中で、いちばん書きたいものにする。「読書」について人に話すときを想像し、いちばん話したいできごととすると、選びやすいかもしれない。

どういう題材なら読書エッセイ「らしい」だろうかとか、審査員はこういう題材を求めているのではとか慮ることはない。

読み手を慮るのは「どのように書くか」のほうにおいてである。これまで書いてきた、他者の目の取り込みだ。すなわち、書き手の気づきにくいところで読み手を迷わせがちだから、迷わないよう配慮するなど。

「何を書くか」においては、自分の目線でいい。

できごとを選んだら、組み立て方を考える。並列のつくりはよくないと、さきに述べた。学校の作文では「起承転結」と教わった。「入り口」と「出口」を設けることと合っている。

この「転」に、できごとのヤマ場を持ってくる。

「転」というと、そこで話の方向を転換しなければならないようなイメージがある。しかし読み手はできごとを体験中だから、流れを変える必要はない。そのできごとを人に話すときを想像し、いちばん乗って話すところを「転」にする。

「起」はそこからの逆算で決める。人に話すとき「ヤマ場で自分と同じように乗ってもらうには、ここから話さないと、わけがわからないだろう」と思うところからはじめる。

家を出ようとしたら、ドアの外に鍵がさしっぱなしだった。それには、前の晩酔っぱらって帰ってきたことから話さないと、鍵を抜かずに入ったのがピンとこないだろう。

「承」では、「起」で入ってもらった読み手をなるべくスムーズに「転」まで連れていくことを第一とする。リズミカルだと勢いがついて、なおのことよい。

気をつけるのは「承」からいらない情報を減らすことである。人に語るとき、体験したことをそのままなぞるのは楽なので、「前の晩20年ぶりに同級生と会って、話がはずんで、ワインを2本も空けてしまって」などと、ついなるが、聞き手は、同級生の話になっていくのか、ワインの話になっていくのか迷う。聞き手の立場を読み手に置き換えれば、同級生やワインはないほうがいい情報だとわかる。

組み立ててみたら、規定の文字数に達しないかもしれないことがあり得る。対処法として「承」を引き延ばすのはすすめられない。勢いがそがれるリスク、読み手を迷わせる情報が混じるリスクのためである。

代わりに「転」をふくらませる。読み手ができごとをより臨場感をもって体験できるよう、ディテールを書き込む。そのための情報は増えてよい。むしろ情報が足りているかどうかを考える。「団欒の食卓」と書いて、読み手は臨場感をもって体験できるだろうか。読み手はどんな食卓についているか、卓袱台《ちゃぶだい》か、ダイニングテーブルか、そこには何が載っているか。具体的に書こう。

規定文字数より長くなってしまったときは？

「承」を縮められないかを考える。なくていい情報がまだ入っていないか。

「転」を端折るのはおすすめできない。卓袱台やダイニングテーブル、ふりかけなどと書いたのを「団欒の食卓」などと抽象化しない。追体験してもらうのに削れない情報がある。「承」を縮めて、なおも入らなかったら、そのときはその題材をあきらめる。題材の求める字数と、規定の字数が合わなかったのだ。適した字数の機会が来るまでとっておこう。

ネガティブに終わらない

「起」「承」「転」について述べてきた。「結」についてもひとことふれたい。ネガティブなものを読み手に渡して終わらない。恨み、つらさ、苦しさなどである。そうした題材であってよい。読み手にそうした体験をともにくぐってきてもらってよい。だからこそ最後には、救いを設ける。どこへ行くかわからない話についてきてくれた読み手への、ねぎらいと感謝を込める。

読むことはエネルギーがいる。誰もが時間に追われている。無料で読める文章がいくらでもある環境だ。その中でエネルギーと時間と、出版物であればお金をかけて、自分の文章を読んでくれた人への礼儀でもある。

題材選びや組み立て方で、人に話すときになぞらえた。この「結」に関することも、人と話すときに置き換えたい。

人に話を聞いてもらいたいときはある。そのとき最後は、ネガティブなものを渡すだけにならないようにしたい。

人に話す、聞いてもらう、逆のときもある。支え合いの基本だとは思う。抱えている思いを外へ出すのは、心を軽くする。

出し方に何らかの抑制は欲しい。読むのはエネルギーを要するのと同様、聞くこともエネルギーがいる。思いを際限なく表出しては、相手は受け止めかね離れていく。年をとってから人に離れていかれるのは心にこたえる。ひとりを深める時間としての孤独とは別の、孤立になる。

この章に記した文章上の技法が、孤独を楽しみ孤立を避ける人間関係の構築に資することができれば、幸いである。

第4章　ひとり老後、明るくやりすごすコツ

ものわかりのいい人、面倒な人

ホテルのロビーラウンジにて女性3人で話していて、男性の厳しい声がフロントの会計あたりから響く。クレジットカードが機械にうまく通らずに、現金でお支払いを、と言われたらしい。そんなはずはない、操作が悪いと叱りつけ、別のスタッフがとんでくる。

気を呑まれた私たちは、とりあえず話の続きをしたが、ややあってひとりが口にしたのは、男性の怒り方への違和感ではなかった。「少々面倒な人のほうが優先して対応してもらえる傾向、あるよね」。

彼女は先日、用事の合間に急いでスマホを買い替える必要があった。家電ショップ内のコーナーでその旨話すと、呑み込みの早いスタッフで、ほっとする。が、カウンターに案内され「この者に引き継ぎます」とされた人の「実習生」の名札に、不安をおぼえた。果たして、説明を誤っては元へ戻ることのくり返し。周囲の客は次々と手続きを終え、取り残される。

彼女の中には焦りと葛藤があった。自分だってかつては新人だった、最初は誰でも不慣れなもの、仕事の中で覚えていく。時間に余裕がないとき来た私も悪い、文句を言うのはみっともない、自分が嫌な気持ちになるだけ、と。

30分経ってもことが進まず、ついに担当を代えてもらう。彼女の言うに、たぶんあのまま「ものわかりのいい人」でいたら、どんどんあと回しにされていた。

もうひとりも同様の体験があるという。そもそも「面倒な人」なら、手の遅いスタッフに担当させない。この人ならもたついても文句は言うまいと「ある意味、甘く見られるんだよね」。

そう受け止めざるを得ない体験が、私にもある。以前ネットも電話もつながらないことが、３ヵ月にわたり頻発した。原因がなかなか突き止められず、光通信の会社とＮＴＴのあいだで行ったり来たり。やはりＮＴＴの対応が必要だとわかり、光通信からＮＴＴへ伝えるそうだが、折しも台風が首都圏を直撃したばかり。

光通信の会社のリモート点検では、ＮＴＴの再度の対応が必要。だそうだ。光通信からＮＴＴへその旨申し送る。ただしＮＴＴが被災地の復旧で忙しく、私への連絡は「１週間後くらいになりますが、ご承知おきいただけますか」。光通信のサポートセンターが私に問う。

被災地を思えば否やはないが、「いいえ」と答える人には早く来るのか、との疑念が胸をかすめたのだ。

「そういう人は仮に1度は優先されても2度目はないよ」「面倒な人には、年とったとき世話する人もあまり近づきたくないと思うのよ」とふたり。そのあたりが私たちの気持ちの落としどころだろう。

たまにはネット断ち

自宅のインターネットがつながらなくなることが、断続的に起きた3ヵ月。室内の機器をひとつ変え、もうひとつ変え、それでもだめで建物の集合装置をひとつ変え、もうひとつ変え……。この「変え」という一語にまつわる業者とのやりとりや待つあいだの長さを、くり返しは述べまい（述べているも同然か）。不安に満ちた3ヵ月を経て、ようやっと落ち着いた。

「僕らで言えばスマホが使えないのと同じですよね」。美容院で話すと、若きスタッフは驚愕していた。そんなことになったら、コンビニで買い物できず、待ち合わせ場所へも行けないと。

そう、スマホでバーコードリーダーにふれるだけで支払いがすむのも、位置情報に基づき道案内してくれるのも、通信が確保されていてこそだ。私の場合スマホは使えていて、パソコンのネットの不調だったが、パソコンを持たない彼は、スマホでわが身にひきつけて「あり得ない」。深刻な顔で、左右に首を振っていた。

3ヵ月のあいだに感じたこと。宅配便の来る回数が少ない。毎日のように届いていたのが「そういえば、このところ玄関チャイムが鳴らないな」と気づく。週に1度の古紙回収に出す段ボール箱は、あきらかに減った。

ふだんいかにネットでものを買っているかを思い知る。服や靴といった特別なものに限らず、スーパーでふつうに売っている洗剤などの日用品まで。

それらを注文するのに、かなりの時間をとられていた。買う品は決まっていても、価格や送料を比較し「いや、待て。ポイントが貯まっていたような」とサイト間を行ったり来たり。

また、購入をすませたらすぐパソコンを離れればいいのに、画面に出る検索上昇ワードを「これって何だっけ」とついクリック。知る必要のないことを調べはじめ、ずるずると画面の前にいる。スーパーに買いにいくほうが、結局は早いかも。

3ヵ月間は段ボール箱だけでなく、その種の時間も少なかった。老眼のため、スマホの小さな画面で見にくさをおしてまで、商品を探したり検索したりすることはなく。

ある面で健康的だった3ヵ月。新型コロナウイルスのため家にこもらざるを得なかったときは、ネットがいわば命綱だったが、ふだんどおりの日々においては、ネット断ちをたまにしようかと思っている。

心の平安を取り戻すには

感染症の不安を抱える暮らしを、こんなに長く経験しようとは。深い打撃を被られた方には、かける言葉が見つからないし、すべての人に心の疲れが溜まっているだろう。

命や生活を脅かすものが目に見えないままそばにある不安は、がんを患っていた頃と似ていると私は感じた。いつまで持ちこたえていけばいいかわからないのも共通だ。その頃を思い出しつつ、新型コロナウイルスに対し私がしていたことを、僭越《せんえつ》ながら記したい。

感染が拡大する中、私を少し落ち着かせたのは、新型コロナウイルスはがんに比べ、防ぐための具体的な方法があることだった。手洗い、マスク、三密を避ける、マスクなしの会話はしない、などだ。

テレビをつけるたび感染者数が増えていると気が滅入り、自粛につとめているとき、楽しそうに外食したり旅行したりしている人の写真をインターネットで見ると心がざわつく。が、それらについて私が直接できることは、残念ながらない。

できないことと、できることとをまず分ける。できることをして、できないことには心を寄せすぎないようにする。テレビやインターネットを視聴するのは、一日の中での回数または時間を決める。それ以外の時間は、なるべくふだんどおりの生活習慣やペースを保つ。睡眠と食事は十分にとる。体を動かす。

これらは研究者の調査に、自粛期間中に有効だったこととして、多くの人が回答していた。

「今・ここ」への集中も、心の平安を取り戻すのを助ける。家事や仕事における作業は、私には集中しやすいものだった。

がんと心が専門の精神科医は、「今・ここ」への集中の方法に坐禅や瞑想、呼吸法を挙げていた。日頃よりそれらの習慣のある人は、立ち返る「心の居場所」をすでに持っていると言える。

ねぎらいと感謝の念を持つことも、心を穏やかにする。ひとり住まいの私は、自粛期間中ほとんど人に会わない。そうなってみて逆に、いかに多くの人に支えられているか、身をもって知った。

週1回のスーパー通いを除き家から出なくても日常生活を営めるのは、スーパーのレジ係や通販の配送員といった私の接する数少ない人をはじめ、物流、ごみの収集、電気、ガス、水道などの保守……挙げきれない人々の働きがあってこそ。その先には、医療、保健、介護などの現場に、心身の限界と向き合いながら踏みとどまってくれている人がいる。どの人もいなくなっては、私の暮らしは成り立たない。会話の控えられる状況ながら「ありがとう」のひとことくらい、マスク越しに言わないと。

直接言う機会のない人には、寄附で伝える方法がある。感染の予防や、よい生活習慣を保ち健康管理につとめるのも、医療現場の負担を減らすことにつながり、めぐりめぐっての支援になる。何かあったら助けてもらうしかなく、その意味で私は守ってもらう側だが、守る側にもなり得るのだ。

インターネットで買い物をすると、画面の脇に寄附の案内がしばしば表示される。医療現場の支援の他、手を洗う設備のない国や地域への寄附を呼びかけるものも。ウイルスはまたたく間に世界じゅうに広がると知った今は、他人事《ひとごと》ではいられない。とりあえず感染を免れたとしても、回り回ってまた来るのだ。スペイン風邪ウイルスも大陸を往来したという。地球市民という言葉は聞いていたが、かけ声ではなく本当につながっていることを、思いもよらぬかたちで実感した。

がんと大きく異なるのは、感染症はやがて収束することだ。その日までなんとか、心をウイルスから守っていきたい。

78歳料理家から教わった元気のレシピ

不要不急の外出を控えるよう求められて以来よく見かけるのが、料理を配達する自転車。黒い大きな箱のようなリュックを背負い、自転車に乗っている人だ。

利用したくなる気持ちはわかる。料理が苦痛という人もいよう。作る習慣のある私も、さすがにやる気が起きない日がある。「あの鍋を火にかけて、さっと煮るだけでいいのだよな」とわかっていても、その「だけ」がとてつもなく億劫。鍋をあとで洗うことを考えると、いよいよ。

簡単料理で知られる村上祥子さんの本を手にとったが、意欲がすぐにわかなかった。『料理家 村上祥子式 78歳のひとり暮らし ちゃんと食べる！ 好きなことをする！』(集英社)という本である。椅子の背に深くもたれたまま、写真ページをぱらぱらめくり、「さすが料理家。朝から野菜たっぷりのお味噌汁を飲んでいるのね」と眺めている。が、脇に書いてある作り方に目を疑った。この献立もこんなに簡単にできるの?!

文章のほうではキャリアを振り返りつつ、今の日常と伝えたいことを書いている。3人の子どもは独立、夫はすでに先立った。78歳にして現役の料理家は、ひとり暮らしの後期高齢者でもあるのだ。

自宅に備えたキッチンスタジオを拠点に、活動中という。

「もともとスーパーウーマンなのね」と結論するのは早とちり。キャリアの途中には、体調が悪いのに原因不明で、顎の骨髄炎とわかってからも手術と抜歯をくり返した、長い年月があったと知った。村上さんのよく言う「ちゃんと食べて、ちゃんと生きる」は、単なるかけ声ではない。体調不良に苦しむ体験を経た、筋金入りのものなのだ。

今力を入れているのは、子どもの料理教室と、自立したシニアでいるための料理教室だという。年をとると買い物が面倒、作るのが面倒、食べるのすら面倒となりかねないからと。身につまされる。

そんなときにすすめているのは、マグカップ料理。マグカップに材料と調味料を入れ、電子レンジで数分加熱するだけ。材料はひとり分を、多少元気なときに切ってパックに入れ冷凍しておく。

「作り方やかけた時間は、本質的な問題ではありません」。料理の道50年、栄養学も修めた著者に言われれば、ぐっと気が楽になる。

レシピはむろん、私生活のほうでの暮らし方にも憧れた。服を30着しか持たないという（クローゼットを写真で公開している）！　なのにおしゃれ。私は巣ごもり中に結構、断捨離したつもりだが、まだまだだ。

「朝は定刻に起きる、誰に見られなくとも身づくろいをする、一日3度の食事をとる」と村上さん。そういうシニアに私もなりたい。いや、家にずっといて生活リズムや服装が崩れかけている今からでも。

年をとっても似合うのは

寝る前にふと思いつき、クローゼットの奥から夏物を出してみた。中の一着に「そう、これ、これ」。特に気に入っているワンピースだ。

パンツの上に綿素材のワンピースという、私の定番スタイルを構成するもののひとつ。白地に黒と緑の糸で、大きな花を刺繡してある。子どもの作文などにつける「よくできました」の花丸に似たかたち。胸の中央に一個を配し、左右には半分ずつしか並ばないほどの大きさだ。去年の9月末に洗濯したのが最後だから、8ヵ月ぶりの再会である。

洗面所の鏡の前であててみて「ん？」。期待とはなんだか違う。服は元気なのに、私が元気に見えないような。

「ま、当然だな」と考え、不安を振り払う。一日の終わりで顔が疲れている。メイクは落としてしまっているし、本来フェイスラインのたるみをカバーするはずの、髪のボリュームも失われている。顔の調子がもっといいとき着てみないと、正確に判断できない。

別の日、帰宅して疲れがそうひどくないとき、メイクを落とす前に試着した。鏡の前でやはり「ん?」。電気の光のあたり方のせいではと、前後に一歩ずつずれてみてもだめ。服の元気に顔が負けている。

私は悟った。服に顔がついていけなくなったのだ。どんなに好きでも終わりが来るなんて……男女の愛ではないけれどしみじみと無常をおぼえる。服は去年と同じでも8ヵ月の時は私の顔を変えていた。

指輪で似たようなことがあった。手の老け感に対し指輪が若すぎて。あのときは手のアンチエイジングをはかる「手活」で、なんとか許せる状態までいったが、今回はどうか?「顔活」はすでに実施中。温熱によりハリとひきしめをもたらす美容医療を2〜3ヵ月にいっぺん受けており、本人比で「眠そうだった目が少し開いたかな」くらいの効果は感じる。

それでも似合わなくなっていく服はあるのだ。

クローゼット内を見わたせば、柄物のワンピースで残っているのは小花かギンガムチェック。15年以上着ているものもある。こういうオーソドックスな柄は、着る側の経年変化に耐えるようにできているのだろう。

「今後、大きい柄には注意だな」と思った。でもよほど心つかまれる柄との出合いがあれば、懲りずにまた買ってしまうかも。

「ちゃんとした」服、いつまで

クローゼット内のひとところをじっと見る。このあたりのジャケット、もういらないか？　いやいや、もう少しとっておこう。世の中が落ち着いたらリモート会議が通常に戻り、式典への立ち合いや出張も再開されるだろう。そのときにないと困る。

今あるジャケットが、そうしたビジネス服として、必ずしも最適ではないのだが。

「ジャケットやスーツ、どうしている？」。仕事で知り合う女性と、幾度交わした会話だろう。

デスクワークを主にしていた頃は働きやすいかっこうですんだが、年次が上がり、社外の人と接することが多くなると、そこそこ「ちゃんとした」服が求められる。選び方を間違うと、就活の学生か、卒園式の母親のようになってしまう。

ビジネス服には私も昔から悩んできた。勤めてはいないけれど、式典や会議が少なくない。私がそういう場に出はじめた頃、よく行く百貨店の婦人服フロアーは「ヤングキャリア」と「ミセスカジュアル」に分かれていた。用途でいえば「キャリア」で、「ヤング」ではない私。右往左往し、結局「ヤングキャリア」で買っていた。

不便な点はいろいろあった。ジャケットにポケットがない。名刺交換の必要のある立食パーティーでは、紙皿を支える腕に、書類も入った重いバッグを提げないと。スカートのかたちにも難が。キャリア向けスーツのスカートはタイトか台形だが、尻の部分の生地にゆとりが乏しいため、下着のラインが現れやすく、座れば裾が上がってくる。

最大の問題は、ウエストがきつくなってきたことだ。ジャケットはヤング向けでなんとかなっても、スカートは売り場でいちばん上のサイズでもつらい。実際の「キャリア」には、案件多数の会議や新幹線での出張など、長時間座っているシーンが多いのだ。服のウエストがお腹にくい込む。

スカートだけ、幅広いブランドから、ネットで探すことにした。手持ちのジャケットに合いそうなネイビーやライトグレーで、フレアやプリーツなど、腹部にゆとりのあるものを。画像で「これは」と思うと商品コピーにはたいてい「ママスーツ」「きれいママのセレモニースタイル」。年代、仕事、子の有無と別々なはずの属性をごちゃ混ぜにしてファッションをカテゴライズするの、ほんと、やめてほしい。「パパスーツ」って言う?

「この頃は就活にも卒園式にもならないで、そこそこちゃんとした服が出てきたよ」。知人に聞いたブランドを、ネットで覗けば、たしかにいい。けれど、セットアップで買うと8万〜9万円か。世の定年を考えれば、私が会議などに出るのは、せいぜいあと数年。女性の働く状況にファッションがようやく追いついてきたところで、リタイアとは。数年のため、それも毎日着るわけではないもののために、10万近くかけるのも……。

買い替えか手持ちの服でしのぐかどうか、迷っている。

絵本て、すごい

子どもの頃に読んだ本で、大人になってからでも思い出すものがある。印象に残っているのは『ちからたろう』（文・いまえよしとも　絵・たしませいぞう、ポプラ社）という絵本。50年以上前になるのに。その後も数えきれないほどの本を読んできたのに。

ももたろう、きんたろうなど、たろうと名のつく主人公の話は数多いが、「ちからたろう」は生まれ方にインパクトがある。風呂にめったに入れないじいさまとばあさまが、自分たちの垢を固めてこしらえた。

上品とは言えないこの設定に、小学校のたぶん1年生だった私の心はわしづかみされる。みなさんも幼い頃、しげしげと眺めたことはないだろうか。鼻くそ、耳あか、臍のごま、言うのは少々恥ずかしいけれどうんちも、好奇心とある種の不思議の念をもって。

そう、子どもにとって自分の体から出るものは、身近な神秘。表向きは汚がっても、実はかなり好きなのだ。

さて、この垢から生まれた赤ん坊、何年ものあいだ寝てばかり。ある日突然起き上がると、じいさんばあさんを驚かせる、たいへんな力持ちになっていた。どのくらい強いかと言えば、投げた喧嘩相手は空へ吹っ飛び、松の梢にひっかかったそいつを下へ降ろすのに、根っこから松を抜いてしまう。

喧嘩を経て仲間になった3人で旅し、出会った娘を化け物から救うことになる。

ビジュアルが迫力満点だ。黒々と太い輪郭線。奔放に塗りたくったような色。極端にデフォルメされた登場人物は、勢い余って画面からはみ出そうだ。化け物に立ち向かう主人公の掌が、娘の全身より大きいなんて。

文章も印象的。「とんとむかし」で始まる語り口調、方言を生かした台詞、そして何より擬態語が大胆だ。3人の力持ちが歩いていくようすは、「のっしじゃんがずしん、のっしじゃんがずしん」と表現される。地響きが腹に伝わってきそう。リフレインに合わせて、足踏みしたくなる。絵本の文章は意味以上にリズムがだいじ。子どもは絵本を、体で読むものなのだ。

どこかの地方に伝わる話ではなく創作だと、大人になってから読み直して知った。民話によくあるパターンに想像を加えたらしい。

民話によくあるパターンとは、個人の体験でかたちづくられるものより、もっと基層のほうにある集合的無意識というか、より普遍的なものに近いのだろう。自分の奥のほうに眠っている生命力を呼びさまされるような。

生命力で思い出し、話は『ちからたろう』から離れるが、自然災害が起きるとその地域の子どもたちに絵本を送る活動が、ときどき報じられる。それはたぶん、恐ろしかった体験から「気を紛らわす」というようなものではなく、もっと深いところから子どもたちの力を引き出すのではないか。

常時行われている活動に、アジアの子どもたちへ絵本を届けたり図書館を建てたりするものがある。利用した子どもたちが若者になってからの体験談によると、貧困や周囲の暴力から逃避するため図書館に入り、読んだ絵本で、盗みや人を騙すのはよくないことだとはじめて知って価値観を養ったり、外の世界にふれたりし、人生が変わっていったと。

身近に当たり前のように本のあった私は、厳粛な気持ちになると同時に、絵本のすごさを改めて思う。そこまでのエンパワーメントに、絵本はなり得るのだと。

『バンビ』で児童文学に目覚める

バンビにはいつも心つかまれる。バンビの絵のついた小物などがあると、反応してしまう。同世代とそう話していたら「わかります。バンビとパンダは永遠ですよね」。年下の女性が加わってきた。

パンダ？　人気のかわいい動物キャラクターと認識はしているが、私には情動を引き起こさない。「出合ったのが幼少期を過ぎていたからかも。日中国交正常化以降でしょう」と伝えると、女性は一瞬きょとんとしてから納得の顔をした。パンダが日本に来たのは１９７２年、私は61年生まれだ。

バンビはいつかと調べたら、ディズニー映画の日本初公開が51年。翌52年には、童謡「子鹿のバンビ」が発表されている。この童謡は、声質まで耳に残っており、少なくとも1番は今も歌える。映画には原作があり、こちらも52年、岩波少年文庫で刊行されている。フェーリクス・ザルテン作『バンビ』という。

このたび読んで驚いた。映画や童謡から受けるかわいい子鹿の印象と違い、副題にいう「森の、ある一生の物語」そのものなのだ。ここからはネタバレになるので、新鮮な感動を得たい方には、本を読んだあと、戻ってきてほしい。

林住期《りんじゅうき》という言葉は、聞き覚えがおありだろう。インド古代の法典で、理想的な人生を4つの時期に分けた3つめだ。学生期《がくしょう》、家住期《かじゅう》を経て、家を去り森に隠棲して修行したのち、遊行期《ゆぎょう》に入る。作者のザルテンはブダペスト生まれ。キリスト教文化圏の人であり、万物の上に全能の神をおく思想が、物語の結びに表れているが、構成はこの四住期を想起させる。

人生後半にある私は、特に林住期に心揺さぶられた。

バンビの伴侶が、思い当たる理由は何もなくても、彼の心が自分にはもうないことを、愛に溢れる日々は終わったことを悟ったときの深い絶望。時が流れ、バンビが窪地を隔て伴侶と再会し、老いといとしさに胸を突かれるシーンには「窪地を跳び越え、行ってやれよ。君といられて幸せだった、感謝しているとひとことかけて、彼女の人（鹿）生を肯定してやれよ」と身もだえた。

好きなキャラクターの出どころを確かめるつもりで読んだ本が、まさかこんなに刺さるとは。不朽の名作たるゆえんだろうか。

今は、キャラクターだけなじんだ児童文学の本を、読む気満々である。文字が大きいのも、老眼の私の意欲をあと押ししている。

子どもの頃好きだったもの

バンビにひかれる話から、日本でブームになったのはいつ頃か、原作はどんな本だったかを振り返り、「大人になっての再読は発見があります」といった、文筆家らしいところへ落ち着いた……つもりでいた。が、その後、思いがけない展開に。バンビを検索したせいか、パソコンの画面にバンビグッズがやたらに出る。そのうちのブローチをついクリック。

楕円形の枠にはまったガラスの下に、バンビの立ち姿が描かれている。昔遊んだカードに、透明な樹脂で被われ、向きにより絵が立体的に見えるものがあったが、あれと似ている。懐かしさ、かわいさに、私の心はつかまれた。

絵は2種類あり、1頭のものと、母子が寄り添い立つものと。親亡き今、母子に特にひかれるが、着けたときを考えると、周囲の野の花の色がより効いている1頭のもののほうが、映える……というか現実問題、着けるのか。いい年をしてバンビは痛々しいのでは。いや、ブローチに何が描いてあるかなんて、人はそんなに見はすまい。1頭のほうを購入。

価格の1800円以上の深い満足を、この買い物はもたらした。引き出しを開け、ときおり眺めるだけで心安らぐ。着けたときを考えなくていいなら、母子のほうもアリなわけで、大人買いで追加購入してしまった。

引き出しにふたつ並ぶと心が少々ざわついた。ふたつも欲しがるのは、私が懐かしさをおぼえるところの1960年代前半のつましさに反する。

姉が気に入ったら分けようと見せたところ、バンビには予想どおり反応した。同じ時代の記憶を共有するどうし。「流行ったよね。木のブローチもあったじゃない」。そう、姉の言うように、木にラッカーを塗った小さなブローチを、姉と揃いで持っていて、脚が折れたのを接着剤で留めていた。伯母の土産のビロードのハンドバッグにも、バンビの刺繡が。遠くに住んでいた伯母だから、たぶんあのときしか会わず亡くなった。私のバンビ萌えは、失われた日々への愛惜なのだ。

姉と思い出を語り合ったあと、ある本の記述にはっとした。子ども時代のグッズを懐かしむのは、守られていた頃へ回帰したい心理だと。他方、守られていない子どもが、この今も国の内外にいるわけで。大人買いしている場合ではないかも。１８００円×２でも０よりは支援になるのだ。

バンビはいつも思いがけないほうへ、私の心を連れていく。

心に残った学校外の同窓会

年をとるとは「同窓会」が増えていくことだと思う。卒業で別れたきりだった中学や高校の人たちとの集まりが、50代になりはじめて開かれたという話をよく聞く。仕事や家庭内の諸々がひと落ち着きし、「そういえばあの人どうしたかな」と過去に目を向ける余裕ができるのか。

学校の「同窓会」に限らない。ある期間同じ仕事に携わっていた人たちとの集まりもあった。会社内の立場が変わったので、次の仕事につながることはない。利害関係抜きの、純然たる懐かしさからだ。私の家でときどき持つのは「介護同窓会」。介護を共にしたきょうだいたちと年に数回。新型コロナでしばらく途切れてしまったが。

変わったところでは、同じ建築士で家を改装したどうしがお宅訪問し合うもの。たがいの共通体験であるリフォーム時のあれこれを振り返る「リフォーム同窓会」と言えるだろう。もっと変わった、印象深いものがある。「マンション購入同窓会」と言おうか。同じ人に背中を押され、購入に踏み切った女性たちの集まりだ。私は講演のためおじゃました。

2年近く前のこと。某地方都市にある会館で。貸し切りの部屋の入り口に女性客がひとり、またひとりとやって来て、受付の傍らに立つ女性に近づき挨拶する。「今年ついに完済しました」。嬉しそうに報告する人も。

挨拶を受けている女性はその年から22年前、住まいを買いたい女性を支援する事業をはじめた。購入した女性たちと交流が続き、年に1度集まるそうだ。クリスマスが近く、街にはきれいな飾りつけがされているその日、参加者は30人、中心世代は50代だった。

「私は1期生よ」。席が隣になったひとりが、問わず語りに。22年前、住まいを買う女性は周囲にとても少なかったという。

うなずける。東京でマンションを購入する女性が目立ちはじめたのは1990年代半ばから。同じ頃シンポジウムなどで地方に行くと、主催者にさりげなく言われたものだ。このあたりの女性は親元通勤で、結婚して家を離れるのが一般的なので、自立はありうたえないのだと。いずれも国内で20位以内には入る大都市の話である。ここに集う人たちは、先駆けと言えるだろう。

長いローンの期間中には、計画外のことも起きる。私のもう片方の隣の人は、私と同じ病気をしたと言っていた。別のある人は職を失い、自宅を売却することを考え、買うときに相談した女性を再び訪ねたそうだ。状況をいっしょに整理するうち、年金が出るまでの2年間持ちこたえれば手放さずにすむとわかり、どうにか払い抜いたという。

購入後も交流が続くわけがわかる。もとが少数派だから、周囲とは分かち合いにくい不安だし、情報を得る機会も乏しい。

年齢からして親を亡くす人は、当然いる。クリスマスが近いとあってどこからか聖歌が流れてきて、親を見送って間もないというある人は、ふいに涙した。

実は私はその15年前にも、同じ集まりにやはり講演で呼ばれている。あれから私も介護や看取り、いろいろあった、歳月はおたがいの上に流れたのだ。この感慨はまさしく「同窓会」。次はどんな「同窓会」に参加することになるのだろう。

選ばなかった人生は

俳句の勉強会を終え、都心のビルを出たのが夜の9時。「はー、きれい」。思わず溜め息がもれる。ビジネス街の一角だ。整然とした通りに並ぶ外灯。ビルの上方の窓々の光が、オレンジがかった白、ブルーがかった白のモザイク模様を成している。

「都心の夜って、こうなのね」。立ち止まり見とれる私を「東京に長く住んできて、何を今さら」と仲間は笑い、地下鉄駅への入り口で別れた。彼女の住まいは、地下鉄でひと駅隣にある高層マンション。彼女にとって、夜はこういうものなのか。

私にとっての夜は、住宅街のそれである。基本、暗い。まばらな外灯の下に、庭木が塀からはみ出ていたり、ごみ収集日を示す立て札があったり、「もしかしてハクビシン？」と思う黒い影が、道を横切っていったりする。仕事帰りに、ジムからの帰りに。30代で今のところに引っ越してから、ずっとなじんできた風景だ。

この先も私の夜は、そういうものであり続ける。窓の向こうにきらめく街の灯に、夜ごと抱かれて眠る、みたいなことは、たぶん一生ない。老後に向け、頑張って自宅をフルリフォームもしたし。

そのことに不満はない。仮に都心に住んだところで、窓からの眺めなんて3晩で飽きる。それ以前に、窓に自分の姿や室内が、地下鉄の窓みたいに映って、じゃまで仕方ないだろう。ただ、そうした現実問題と別に、ある種の感慨をおぼえるのも、この年ならではか。これも「選ばなかった人生」のひとつなのだなと。

若い頃は無限の可能性があったとは言わない。いつだって克服し難い制約はある。が、少なくとも将来どこに住むかは未知数だったし、そもそも夜景にこんなことをいちいち考えはしなかった。

爾来、幾星霜。都心に住まない主義やはっきりした意志があったわけでない。なんとなくの不作為の結果の集積として、今の自分がいる。端的なところでは、独身であることがそう。大昔のボーイフレンド（この言い方からして古い！）とたまたま会ったとき、当たりさわりのない挨拶をしながら「これもまた選ばなかった人生ってやつだな」と思った。結婚していけない理由は何ひとつなかったのに。あら、めずらしく恋愛話など書いてしまった。

夜景ひとつにもしみじみした思いを味わう。年を重ねてきたからこその人生のコクと言えるだろう。

少しずつエンディングノート

60歳ともなると「書かなければ」と、多くの人がうっすらと思っているのがエンディングノートではないだろうか。

私は実は50代に書きはじめている。ファイナンシャル・プランナーたちが作ってみたというノートをもらい、試したくなった。

薄さがとりつきやすかった。全40ページで、うち書き方の説明やまめ知識的なページもあるから、記入するのは20ページほど。それとて頑張っていっきに埋めようとせず「気になるところを、気になったときに」少しずつ書き足してきた。

銀行口座、入っている保険や年金、不動産は最初。葬式については、53歳で父を送ったのをきっかけに。「生命保険で下りるお金をあててください。その他はご一任します」といたって簡単なものである。延命治療は「回復不可能、意識不明の場合、苦痛除去のため以外の延命治療はご辞退します」。樋口恵子さんが名刺にそう書いて持ち歩いていると、新聞で読み、まねをした。

ことだまを信じる人間。書いたら呼び寄せてしまいそうで、もともとは気が進まなかった。著名人がインタビューで「私は毎年元旦にエンディングノートを書きます。いちばんおめでたい日ですから」などと語っていると「無理していない？」と思ってしまうほうだった。

40歳で入院するとき、はたと「もしものことがあったら、預金がどこにあるか誰もわからない。それは困る」。病後も必要を感じながら「でも書いたら遺言みたいにならないか」という忌避感とがせめぎ合った。

10年経ちせめぎ合いに疲れてきて、病後の検査も間遠になったところで、ノートの試供を受け、これもタイミングかと。

書いてみたら、案外と抵抗がなかった。こんなことに10年も悶々としていたのかと拍子抜けした。せめぎ合いがなくなったぶん心は安らかで、「安心です」とインタビューで著名人が言うのは強がりでないとわかった。

本当の安心は、確実に読まれるようにしておいてこそだが、それはまだ。ひとり暮らしの私が、もしものとき読んでもらいたいのはきょうだいだが、私に似て縁起をかつぎそうだし、自分より年下の私がこういう準備をしていると知ったときの胸中を思い、いまだ知らせていない。

書いたけれど、読まれることがなるべくなくてほしい、不思議な存在である。

第5章

「好き」を続けていくために

「不調」のサインを見逃すと

朝起きて首を動かし「ん？」。頭の皮が突っ張るような。首の左側から耳の後ろを通り、てっぺんに向かってピリッと痛みが走る。

髪を梳かすとまたピリッ。断続的な痛みが夜まであった。ときには耳の中までも。翌日も翌々日も同じこと。

だんだん不安になってくる。おおごとに発展せずにいるから、脳の何かではないと思うが。

人間は未体験のことに弱い。長年使い込んできた体だから、常に万全とはいかなくて、私の場合、腸はかつての手術の影響でよく調子を崩すものの、対処もできるようになっている。が、頭痛に悩まされはじめたのは、ここ最近。

「片頭痛持ちなのよ。気圧が下がると特に」。知人がこぼしていたのを思い出す。「片」とは片側が痛いこと？　私の頭痛も左側限定だ。

病気についてネットで調べシロウト判断するのはよくないと言われる。その「よくない」

ことをしてしまった。医師に相談したいけど、何科に行けばいいかを知りたくて。内科ではなさそうだ。風邪のときの痛さとは違う。もっと表面に近く、耳の後ろが中心だ。皮膚科、耳鼻科？ 「頭痛 表面 耳」で検索する。「これだ」。私の症状そのままのような記述。後頭神経痛と書いてある。「頭にも神経痛ってあるんだ」。そのことからして驚きだ。

ほとんどが首や肩のコリによるものという。加齢による筋肉や骨の老化が基本にあることが多いが、スマホやパソコンの使用で、若い人にも増えていると。「老化」の2文字には「やはりそこか」とうなだれた。が、パソコンも無関係でなさそう。症状の現れた前日は、パソコンに向かい続けていた。

コリが原因なら、ほぐしてはどうか。パソコンの作業中、意識して首や肩を回すように動かすようにしたら、症状は消えた。

集中は快感と第3章で述べたが、不調はたぶん「超過」のサイン。好きなことを長く続けていくために、ほどほどを覚えねば。

老眼からの痛いしっぺ返し

ビル1階のラウンジで打ち合わせをした。長いすに同じほうを向いてかけ、知人のパソコン画面を共に見ながら。同世代の女性である。

調べ物を終えて、メガネを外すのがふたり同時だった。「近視なのに、手元がだんだん見づらくなってきて」と目をしばたたかせながら知人。老眼で少しずつ変わってくるらしい。

「これくらいなら、まだ読める」。すぐ前のテーブルに張ってある、携帯電話の使用についての注意書きらしきものを指す。遠視に加えて老眼の私には、携帯電話の絵はかろうじてわかるも、字は灰色っぽくぼやけているばかり。

あの字なら読めると、ロビー向こうの案内板を指さすと「ええっ、字が書いてあることすらわからない」と知人。

「隣にいながら、まったく違う世界を見ているんだね」とふたりしてしみじみうなずき合った。おばあさんになって再会したら、どうなっているんだか。

老眼は確実に進んでいるのを感じる。某教養番組の進行役を、私は5年前からしているが、テーブルに置く進行表が当初はA4判だったのを、途中からB4判に拡大した。そのB4判もこの頃は、背筋を伸ばし、高くから見下ろすように距離をとって、やっとである。座高めいっぱいでも足りなくなったときが、退き際か？　メガネ姿に抵抗はないが、照明が反射してギラつくと聞くし、ドライアイのためコンタクトレンズには消極的だ。

番組関連の催しがホールで開かれた際は、10分間の進行で3回間違えた。自分では正しく読んでいるつもりでも、スタッフがそのつど出てきて指摘。ステージでは立って読むから、進行表を載せる台との距離が十分とれるとふんでいたものの、台はなく、手に持つ方式だった。腕をいっぱいに伸ばしても、ピントが合っていなかったらしい。

次にもしチャンスをもらえたら、事前に台の有無を確認し、字を大きく書いて進行表に張るなどの対策をとらねばと思ったが、「次」はなかった。ああ間違えては当然である。「60年近くも使い込んでいるんだものね」と冒頭の知人。機械のパーツならばとっくに「交換期限が近づいています」と表示されるところだ。

機械ならぬ人体はそうそう取り替えがきかないけれど、そのために仕事を失うのは残念。いよいよ限界となったら、ドライアイ向けのコンタクトレンズや、ギラつきにくいメガネなど、補助するものを探して、なんとか働き続けたい。

ひとり老後がめまいで弱気に

祝日の朝、枕から頭を上げるや、たいへんな気持ちの悪さ。頭痛もする。起きてはくらくらし、ベッドへ戻ることのくり返し。もしやまた脱水症状? 同様の症状は1年ぶりだ。こういうときのためベッドサイドに備えておいた経口補水液は、賞味期限が切れていた。

腹をこわしてもいい、水と塩分を補うのが先決と、飲んだものの、改善しない。悪心をこらえてメガネをかけスマホの小さな画面で検索すれば、前回点滴してもらった内科は祝日が休み。救急病院は検査のみで結局、処置はなかったような。

這うように台所と行き来し、水と塩飴、梅干しなどを口にし、頭痛薬を4時間おきに3回服用して、夜10時過ぎ、ようやく頭を上げて動けるようになった。公民館までダンスフィットネスに出かけ飛んだり跳ねたりしていた自分が、嘘のよう。

念のため後日、耳鼻科を受診すると、そちらのほうで、めまいの原因となる異常はないという。ならば脳神経科? と問えば、年に1度という頻度や、そのつど治っていたことを考えると、そちらの異常の可能性も低いと。原因がわからず、したがって予測と対策の立てようもなく、毎日の起床がイチかバチかになりそう。

頻度は低くとも、いざとなると、どうにも動けないのが困る。ベッドに寝たまま「誰かその棚にある頭痛薬をとってくれれば」「コンビニでお粥を買ってきてくれれば」とどれほど思ったか。こういうときのためレトルトのお粥も買っておいたが、賞味期限がとうに切れているのに先日気づき、泣く泣く処分。それきりにしてしまっていた。

前回も往生し、理想の老人ホームにまで、いっきに考えが及んだのだった。が、現実には早過ぎる。日頃の私は要支援ですらないのだ。

継続的な要支援度と関係なく、ピンポイントの助けがあれば。医師の往診もそのひとつだろうが、それとは別に「コンビニでお粥を買ってきてください」みたいなことを頼めるような。支え手不足の時代、そこまで公的ケアでとは言わない。民間のサービスとしてあれば、私は買う。

そういう企業なりNPOなりを「必要を感じたので、自分で作りました」となれば、新聞の「ひと」欄に出るだろうが、ガッツのない私。元の仕事に復し、起床のたび「今日は行けるか」とびくびくしている。

これも加齢、あれも加齢

知人の女性がバッグからハンカチを取り出すと、薬の小袋がテーブルの上に落ちた。「あ、失礼。めまいの薬を持ち歩いているの」。

またもめまい！　私は最近ひと月前にあったが、以来めまい持ちどうし呼び合うかのように、この言葉が会話に出る。50代から60代の人で、彼女で実に5人目だ。

「何ごとかと思って脳神経科に行ったのよ。そしたら耳鼻科を紹介されて」。語る経緯も4人と同じ。続く言葉が「耳石《じせき》」なのである。

耳石とめまいの関係を、このひと月で私ははじめて知った。平衡感覚をつかさどるものとしては三半規管が有名で、内部はリンパ液で満たされている。耳石はそこにつながる袋の中にある。袋の内側に付着しているが、ときにはがれて三半規管へ入り込み、リンパ液がかき乱されて、めまいを感じるということだ。

5人目の女性は特に詳しいようなので、私の状況も話すと「それ典型的」。朝起きようとしてなった、元どおり寝るとなんともない、頭を上げるとぶり返す、など。私の耳鼻科の検査では、三半規管に耳石があるとは言われなかったが「おさまってから受診したんでしょ。なら、ないわよ」。たしかに。

薬があるとは朗報だ。が、彼女の言うに、めまいそのものを治すわけではないらしい。吐き気を和らげたり、利尿作用でリンパ液のむくみをとったり。脱水症状を疑いせっせと補水していた私の対処は、逆だったかも？

いちばん効くのは、耳石が正しい位置に戻ること。安静にして待っていてはだめで、気持ち悪くても頭の向きをあちこち変える。立てないなら、寝返りを頻繁に打つ。そうするうち、うまい具合に耳石が三半規管から出ていってくれることもあるそうだ。偶然頼みのようで心もとないけれど、顧みればこの数年で3回のめまいのいずれも、這うようにして病院へ行ったり寝台へよじ上ったり、否応なしに動き回るうち、いつの間にかおさまっていた。

しかし頭に強い衝撃が加わったわけでもないのに、耳石はなぜはがれ落ちるのか。彼女が耳鼻科で受けた説明では、原因はいろいろあるが「いちばんは加齢と言われた」。

えー、これも？　飛蚊症の原因となる眼球内のゼリーの濁りや萎縮といい、こんな小さな部分まで老化の進行を免れないとは。

悲観してもいられない。対処法がわかっただけ、よしとしよう。

何もケアしなかったときの顔

美容医療に通っている。効果の持続期間とされる半年を過ぎると、なんとなくたるんできたようで、予約を入れる。

「今は予約がとりやすかったです」。込み具合を知りたがっていた知人に報告すると、「僕もそろそろ行かないと」。70代男性で、もとはいぼの治療のため私がクリニックを紹介した。そのときついでに薄くしてもらったしみが、また濃くなってきたからと。

きっかけは保険適用内の治療でも、いまや美容目的だ。メンズエステの広告に出ているような人では全然なく、髪なんかもふつうに床屋で刈ってもらっていそうな人だ。

クリニックの待合室の面々を見ても、ちょっと（ここがツボ）きれいになりたいって、老若男女の別を問わぬ、普遍的な欲望なのだなと思う。

「私も行かなきゃと思っていたのよ」。同じく紹介した60代女性である。夫と久しぶりのスポーツ観戦に行ったところ中継にちら映りしたらしく、学生時代の親友からすかさずショートメールが来て「すごい老け顔してたよ。その席は映るんだから気を抜いちゃダメ！」。

それは酷。若い頃を知る人に記憶の顔と比べられても……となぐさめようとしたが、本人いわく再放送でチェックしたところ、親友と同じ感想を持ち、次の予約を早めたいと。こうして定期メンテナンスが欠かせなくなっていく。

前に看護師さんと話して、介護脱毛もそこでできると知った。排泄ケアを受ける際、毛のないほうがきれいに拭き取れ皮膚トラブルが起きにくいということに、介護経験者の私はうなずける。黒いものに反応するレーザー脱毛のしくみからして、するなら早いほうがいいとも思う。

にもかかわらずそちらはいまだ検討中。顔のほうだけ定期的に受けている。将来の必要より現在の欲望のほうが、動機づけとして強いらしい。

通い続けて5年。その間人工的なことをせず自然に任せていた場合の、本当の自分の顔はどんななのか。いや、その問いは意味を持たない。30代でした歯列矯正も保険外の治療だが、あれをしなかった場合の「本当の自分」なんて考えないし。医療の力を借りて今ある姿が、リアルな私なのだ。

経済状況その他で通えなくなったら？　そのときはそのときで、ありのままの私を受け入れよう。

できるあいだの美容医療

美容医療はこの数年同じ施術を受けている。肌の深部に熱をあてて引き締めるもので、なんとなく顔がすっきりした感じになるのが気に入っている。

新しいものにも目を向けようと、このあいだの受診では、似たような効果を得られるもので何か出たかと聞いてみた。男性医師は「あ、最近導入したのがあります」。引き締めをもたらすしくみはほぼ同じで、効果の持続期間は3倍、価格も約3倍、痛みは少ないという。導入に先立って医師は自分で受けたそうだが、日頃から痛みに弱いと公言する彼が、前のより痛くなかったと。早速試す。

看護師さん立ち合いのもと、施術台に仰向けに。少ないとはいえどんな痛みかと想像し、何もはじまらないうちから掌に汗をかいていた。強さは調節できるそうで、いちばん弱い値でお願いする。

はじまって、こ、こういう痛さだったか。深部への熱の入り方を、比較しやすく喩えるなら、前のは針で糸をすーっと通す感じで、こちらはミシンでしゃかしゃかしゃかっと縫うような。

意識がつい痛みに向いて、よけい敏感になるらしい。「麻酔して受ける人っていますか」と医師に聞いた。施術中会話はできるのだ。「今まではいません」とのこと。「手に汗を握っています」と申告すると「ボールをお貸ししましょうか」「………」。そんなお産の力綱のようなものが用意されているとは。歯を食いしばる思いまでして、頑張る人がいるのである。

根性のない私は「痛てて」ともらし、「すみません、声に出したほうがまぎれるみたいで」。「どうぞ、ご遠慮なく」と看護師さん。強い値を希望して、大騒ぎしながら耐える人もいるそうだ。あっぱれ！

終わってみての感想は、痛いことは痛いが「またできるな」と。前の施術だって、いや、加圧トレーニングすら初回はつらくて絶対無理と思ったけれど、続けてこられたし。

家に帰ると、しんみりするメールが知人から来ていた。20年ほど前、共に仕事で世話になった人が病気で入院中という。当時定年近かったから、今は80歳くらいか。

これまでの速さからして、私もこの先80歳なんてあっという間。美容医療どころではない状況もあろう。世話になった人の回復を祈りつつ、できるときにできることをしていこうと思った。

脂肪が落ちない体、あきらめない

正月気分はとうに消えたのに、体への痕跡はいまだ残っている。いわゆる正月太りだ。年明け最初に行ったジムで体組成計に乗り、目を疑った。体脂肪率が見たことのない数値。1週間運動をしなかっただけで、こうも上がるのか。

他にも思い当たる原因はある。この正月はことに餅をよく食べた。年末に人から贈られた切り餅が、超絶のおいしさ。茹でてから雑煮に入れると、漫画で餅を食べるシーンみたいに伸び、汁や具がよくからむ。

元旦に限らず、根菜をたっぷり刻み込んだ汁を作っては、毎日のように食べていた。1回の食事につき4個。それをともすれば日に2回。

誤解のないよう言い添えれば、餅そのものが特別に太りやすいわけではない。カロリーを調べれば、餅2個でご飯1膳ぶんという記述に、たやすく出合う。

事態を正確に把握したい私は、そこへ重さの観点を導入した。贈られた切り餅1個と、自分がふだんどおりよそった1膳のご飯の重さを計測する。結果、私の場合、1回の食事でとっていた餅のカロリーは、ご飯3膳ぶんに相当するとわかった。日頃3膳は食べないから、この正月のカロリーの高さはあきらかだ。

先日仕事で久しぶりに会った人とは、明暗くっきりだった。顔も体つきもなんだかすっきりしており、問わず語りに言うには、この2ヵ月ほどご飯を控えていると。目的を持ってはじめたわけではない。社員食堂では、おかずの列とご飯の列が別で、年末の忙しさと並び直す面倒さから、ついついご飯を抜いていたら、服のウエストがゆるくなっているのに気づいたという。「はやりの糖質制限ダイエットって、ほんとに効くんですね」と当人。正月の私は、その逆を行っていた。

炭水化物が好き、わけてもお米が大好きの私は、そっち方向の努力はできそうにない。運動で何とかしよう。

驚くべきは、この年齢での脂肪が「つくは易く落とすのは難き」こと。1月は週に2回から3回ジムへ行ったのに、正月前の数値に戻らない。

基礎代謝の低下を身にしみて感じる。ジムなんてひと月に1度行くか行かないかだった30代のほうが、脂肪ははるかに少なかった。人生でいちばん運動している今の体脂肪率が、人生最高値とは……。

生物学的に冬は蓄える季節なのかもしれず、あきらめずに励んで春を待とう。

体重キープは「食べてやせる」

体重計に乗ると、わっ、また増えている。このところ少々食べすぎたかも。食べるのをやめられたらどんなにやせるか……そう思う方は多いだろう。

私もしょっちゅう数字に愕然としている。他方、絶食やそれに近いことを実際にした経験から断言できる。「食べないと少々やせはするけど、きれいにはやせられない」。

昔受けた手術の後遺症で、腸が詰まってしまうことがたまに起きる。治すには絶食し、腸の動きが戻るのを待つしかない。その間必要な栄養だけは点滴で入れているのだが。

胃が不調のときは、絶食までは行かないが、食べる量、質ともに相当制限される。ご飯をお粥に代え、胃に負担のかかる油は1週間近く、なしだ。

結果どれほど体重が減ったかと、計ってみれば「あんなにひもじい思いをして、たったこれだけ？」。そして体脂肪率は、油抜きしたにもかかわらず上がっている！

筋肉の量は反比例するかのごとく下がっている。エネルギーを筋肉からとりくずしていたかと思うほど。私の理想は細マッチョだが、逆を行き、その上肌はハリ、ツヤをなくす。

そんな経験を何度もして、「食べないで、やせる」発想はなくなった。

ただし、何もしなければ太っていくばかりの年齢だ。食べ方の工夫はする。基本は和食。洋食ほど油を使わず、カロリーは控えめである。ご飯は食物繊維が多いので、その点でも和食はおすすめ。発酵食品が多いのも、腸活につながりそう。特に糠《ぬか》漬《づ》けと納豆は、腸活の効果大だと思う。便通は最大のデトックスと考えられる。

食べる順番もひと工夫。よく言われる「野菜ファースト」や「大豆ファースト」だ。大豆も食物繊維が豊富なうえ、満腹感をもたらし、食べすぎを防ぐ。

これらをベースにしていると、少々体重が増えても、割合早く元に戻せる。

でも体重が変わらないのと、体脂肪率をキープできるかどうかは別問題。こちらは悔しいけれど（？）運動にかかっている。ちょっとさぼると、すぐ上がる。私の場合、少なくとも週1回はジムへ行きたい。ジムが休み中は家で同じエクササイズを、動画に合わせて行ったりオンラインレッスンに参加したりしていたが、いまひとつ追い込めない感じがする。

ジムに行ったときの問題は、夜中の焼き芋だ。行くのは仕事も家事もすませた一日の終わり。ジムの近くに深夜スーパーがあり、洗剤や排水ネットといった、ちょっとした品を買いに寄る。するとあのボックスで加熱してある甘い香りに誘われ、ついひとつ、とり出す。帰宅して半分だけ食べるつもりが、運動後でお腹が空いているため、ついつい1本完食してしまう。体がいちばんため込む時間帯に、糖分をとっている！

ジムの頻度を増やし、帰りの焼き芋を絶てば、今より少し細マッチョへ近づけるかも。

50代で出合えた、好きな運動

「適度な運動」。健康に関する話題でその言葉が出ると、ため息をつく方は多いのでは。「わかっているけどなかなかできない」と。

30代からの私がまさにそう。運動不足を感じてジムに入会しても続かず、月々1万円近くがただ引き落とされているのがもったいなさすぎて退会し、しばらくすると「このままではいけない」と再入会することのくり返し。

40代後半から介護がはじまると、運動の必要を、より切実に感じるようになる。介護に体力がいるのもあるが、それ以上に、将来なるべく長く自立してすごすには、トイレに立ち座りできる筋肉をつけておかないと、寝たきりにつながりやすい骨折を防ぐためには骨を鍛えておかないと、と。

ジムでマシントレーニングをはじめたものの、マシンについているテレビで気を紛らわせても、時間の経つのが遅いこと。60分間、忍の一字でどうにかやり抜く。意志の力を振り絞っても、週1回のペースを維持するのがやっとであった。

転機は、ジムで行われていたダンスフィットネスにたまたま参加したこと。ズンバというレッスンで、テンポのいい曲に合わせ、私より年上のご婦人がたもノリノリで踊っている。見よう見まねで体を動かすうち「もしかして私もノレている?」と感じる瞬間が出てきて「これは楽しいかも」と思いはじめたところで、60分のレッスンが終了。

マシントレーニングに比べて、なんて短いの?! しかもマシンではかつてない大汗をかいている。

慣れればもっとノリノリになれそう。他の曜日にもズンバがあれば出よう。運動は、なるべくしたくないものから、待ち遠しいものに変わった。

踊りにいくなら、30年前ならディスコ、もっと昔はゴーゴー喫茶などというのもあったそうだが、「不良の行くところ」として出入りを禁じられた方も多いだろう。私も危うきに近寄らず、だった。それが今や健康にいいと推奨されて堂々と通える。

今は少なくとも週1回、時間さえ許せば週3回。意志の力なんて全然いらない、欲求が自然にわいてくる感じ。コロナでジムの閉まっているあいだは、家で動画を見ながら行うほど。

私は運動が嫌いなのではなかった、好きな運動に出合えていないだけだった。50代での発見である。

ジムやコミュニティセンターでは、無料ないし格安で、いろいろな運動を体験する機会が提供されている。ネット上には無料で視聴できる動画が選り取り見取り。

試しているうち、好きな運動がきっと見つかることと思う。

トレーニングジムも一長一短

運動に関する支出を見直している。7年間、ふたつのジムに通ってきた。元から入っていたほうをAとすると、そこでは一般的なエクササイズができる。

もうひとつのBは加圧トレーニングが専門だ。パーソナルな指導のもと、特別な負荷をかけて行うもの。介護がはじまりAに通うのが難しくなったとき「週1回30分で、週3回ジムに通うより効果的」との宣伝にひかれて。おかげで筋肉が前よりついた。

介護が終わってからはBの頻度を月2回に落とし、Aとの併用でうまく行っていた。が、月々の支出は合わせて2万8000円になる。

「将来への投資」「健康で働き続けることが貯蓄にまさる」「体を鍛え、なるべく長く自立して暮らすのが安上がり」と考えてきたが、国民年金の受給額を思えば、この先ずっと続けられるものではない。定年後の生活術でも、固定費の削減はまず挙げられる。再検討の余地はあるかも。

そう思っていたところへ、別のジムCの話を聞いた。一般的なエクササイズの他、オプションで加圧トレーニングもつけられるという。現状AとBとに分かれているのをCに統合すれば、月々の支払いは約1万8000円と、かなり抑えられそうだ。

1ヵ所にまとめることで時間のロスもなくなる。脂肪燃焼には、加圧トレーニングのあとにエクササイズをするのがよく、そのために今はBで加圧をしてから、わざわざAへ自転車に乗り移動しているのだ。

早速Cに体験利用を申し込み、加圧トレーニングも受けてみて入会を決めた。

7年通ったBに退会を切り出すのは、胸が痛んだ。Bのスタッフとは女性どうしということもあり、親愛と呼べる人間関係ができている。が、いつかはやめざるを得なかったのだ。「来てよかった」と行くたびに口にしていた、あの言葉は心からのものであったと信じてほしい……。

残るAをやめるところで迷いが生じた。実は私は家のバスタブに湯を張ることが年に数回しかないほど、Aの風呂に依存している。Cはシャワーのみで、浴槽がない。運動という目的からすれば、副次的なことだけど、大きな浴槽に1分でもいいからドボンとつかる、あの快感を手放せるか？　風呂のためAを続けてCとの併用としては、支出はかえって増えてしまう。

とりあえずAを3ヵ月間休会し、浴槽なしで生きられるか試すことにした。実験結果が「可」と出ますように。

トイレ掃除で心も整う

定住志向が私は割とあるようだ。引っ越しはしたがらないし、美容院や服を買う店も、ひとつのところに通い続ける。

そういうタイプなので、ジムを変えるのは勇気がいった。AとBに通っていたのから、Bを退会し、Cに移る。Aのほうはいきなりやめず、管理料を払ってまで休会とし、いざとなったら戻れるようにして。が、新たに入会したCはCで、よさがいろいろと見つかってくる。

最たるものが、岩盤ヨガ。Cの売りと聞いて、体験してみた。足裏にふれる石の床がじんわりと温かい。湿度も高く、その環境でヨガをすると、大量の汗が出る。熱中症を警戒し1リットル半の飲料を持ち込んだが、ほぼ同量の汗をかいたような。Aではできない体験である。

AにあってCにないものは浴槽だ。この点は今のところCの満足度に影響していない。どうしても湯につかりたければ、家の風呂だってあるし。

予想外の順応、いや、順応以上に満足している自分に驚く。諺にいう「住めば都」とはこのことか。

岩盤ヨガに加えて、Cでもうひとつ習慣になりそうなのが、トイレ掃除だ。女性ロッカー内のトイレにはじめて入ったとき「きれい」と感じた。個室の中に手を洗う台もあるタイプ。きれいな印象は、壁や床など張り替えて間がなさそうなのと、飲食店などにありがちな男性との共用トイレでは避けがたい、尿の飛び散りがないためもあろう。

「なら掃除する必要ないじゃない」と思われそうだが、残念な点はある。手を洗う台の前の床に水がはねていたり、トイレットペーパーの破片が落ちていたり、紙タオルをまるめたものがくずかごの脇に転がっていたり。全体がきれいなだけに、いかにも惜しく、つい手が出る。

トイレ掃除が趣味だと、同世代のある男性が前に語っていた。たまたま入った飲食店のトイレがあまりきれいでなくてつい掃除したら、思いのほか気持ちよかった、以来出先での習慣にした、他に社会活動めいたものを何もしていないので、と。

「それだ！」と思い私もまねしかけたが、「あの人は立派。私には無理」で終わっていた。

飲食店のトイレの多くは、さきの飛沫問題と、照明が暗くどれくらい汚れているかわからない不気味さもあり、床までは掃除する気になれなくて。

Cのトイレでなら、できる。

住みはじめた「都」をきれいに保つ意欲もわいている。

「自宅ジム」を作ってしまったご夫婦

運動をいかに続けていくかは、同世代の多くの人が模索しているらしい。ジムの支出を見直して、こんな選択をした人もいる。

その人はジムの費用に加え、行く時間ももったいなく感じたという。「将来への投資」のつもりで、パートナーが一念発起。某スポーツ医学会のパーソナルトレーナーの資格を取得。自宅改装の機にひと部屋の床を、思いきってジム仕様のリノリウム張りに。すなわち「自宅ジム」を作ったのだ。計画性と行動力に敬服する。

私がさきに書いたのは、目的別にふたつに分かれていたジムの一本化だ。ズンバはAに、加圧トレーニングはBに通っていたのを、両方できるCに統合。AB間の移動に要する時間と費用の削減を図る。

幸いCには、予想外に早く順応した。

万事にゆったりしているのがいい。会員数を制限しているとかで、ズンバに出るにも整理券を求めて並ばなくていい。人とぶつかる心配がなく動ける。シャワーの順番待ち、ドライヤーの順番待ちと、そのたびに列を作らなくてすむ。大きな音のするマシンも、館内放送もなく、とても静か。

そういう雰囲気を好む人たちだから、会員さんもせかせかしたところがなく、エレベーターの乗り降りの際はいつも譲り合っている。

ある晩、出張から疲れて戻り、キャリーカーを引きずりながら最寄り駅にたどり着き、Cはまだ開いているなと気づいた。レッスンはもう終わっているが、ストレッチだけして「風呂にでも入って帰るか」。岩盤浴を兼ねたストレッチとシャワーである。

さきほどまでの混雑とは別世界のジムで、ゆっくりと体をほぐし、岩盤ヨガの行われていた温かい床に身を預けたとき「何も飛んだり跳ねたりするばかりが能じゃないな」としみじみ思った。こういうリラックスとリフレッシュこそ、大人のジムの利用法だなと。ズンバはダンスフィットネスで、どちらかというと激しめなのだ。

思い立ったらいつでも寄れるよう、ロッカーを契約し、靴と着替え、洗面用具一式を置くことに。靴用と下駄箱用の脱臭剤まで入れて、着々と「わが家化」していった。ちなみに脱臭剤の有効期間は2年である。

ところが、毎週出ていたズンバのレッスンのひとつが、入会から2ヵ月でなくなり、週にたった一コマに。大ショック。「自宅ジム」と違って、こういうリスクがあったのだ。どうするか。

再び模索の日々である。

負担にならないサークルを発見

週に一コマとなってしまったジムのズンバに行けないことが続いて「ズンバ切れ」となっていたら、会員のひとりが教えてくれた。「体育館でズンバサークルがあるよ」。レッスンでおなじみの先生が、ジムの営業時間外である日曜夜に設けているもので、会員さんもたまに参加するとのこと。

体育館。地域ごとにあるとは知っていたが、これまで無縁の存在だった。コミュニティバス内の掲示板によく「リズムダンス　参加者募集　みんなで楽しく体を動かしましょう」といった張り紙があるが、サークルとはあんな感じか。

隣の区の体育館だが、在住者でなくても600円で参加できる。更衣室、ロッカー、シャワーはあるという。ジムと異なりシャンプーやレンタルタオルはないだろうから、風呂道具一式持って出かけた。

地図を頼りにたどり着けば、こうなっているのか。入り口にまず券売機。利用料はサークルから支払われるそうなので、そのまま通過する。更衣室には、駅のコインロッカーくらいの扉が30個ほどL字型に。荷物を入れるにも着替えるにも狭いが、コインはあとで戻るらしく、無料で使わせていただいて何の不満があろう。

貸し切りの部屋は、小さいながらきれい。前面に鏡あり、音響や照明ありと、ジムのスタジオさながらだ。1時間楽しんで汗だくに。シャワーはシャンプー禁止の張り紙があり「ま、家で洗えばいいか」とスポーツウェアの上に服を着て帰った。

2回目は往復とも、スポーツウェアを下に着て。そう、再び参加したのである。

「行きましたよー」。教えてくれた人に、次にジムで会ったとき言うと、「ズンバだけなら、あれがいちばん安上がりでしょう」。本当に。

在住者が参加者の何分の1以上など、自治体の定める条件はあるものの、公の施設だから、驚きの安さで利用できる。「運動を続けたいけど、先々はジムの費用が……」と懸念していたが、こうした施設や活動を利用する選択もあったのだ。

サークルの人間関係は、プレシニアが中心のせいか、みなさん大人。常連らしき人も気さくに話しかけてくれ、それでいてプライベートな質問はしない。終了後は飲みにもいかず、すっきり解散。次回の知らせや出欠などの管理は、ネット上のサークル運営サービスに登録すればでき、ラインでつながる必要もない。進んでいる！

今後もときどき参加したい。

ダンスフィットネスはやめられない

運動に関する支出をどうするか、2ヵ月以上迷っていたが、決断のときが来た。要約すると、ズンバというダンスフィットネスはジムA、加圧トレーニングはジムBとふたつのジムに通っていたが、この先ずっと払い続けられるものではないと、Cに一本化。Cでは両方できて、費用はかなり削減される。ただしAをすぐにはやめず、「保険」として3ヵ月の休会にした。Cの残念な点は浴槽がないことで、大きな風呂が私にとって欠かせないものなら、Aへ戻れるように。幸いCの居心地がよく、Aは近々退会手続きに行くつもりでいた。

そのCに、想定外の事態が起きた。くり返しになるが、ズンバのレッスンのひとつが、なくなることに。ロッカールームでの会話に耳をそばだてれば、先生が本業であるウェブデザインに専念するらしい。万事ゆったりしたCの会員さんたちは「先生のためにはそのほうがいいわ」と理解を示していたが、自分本位の私はショック。

「ズンバ切れ」の続いたある日、休会中のAのズンバのレッスンに、ビジターチケットを買って行ってみた。音楽に合わせて体を動かせば、脳内モルヒネ大放出。私にとってなくてならないのは、浴槽以上にこれだとわかってしまった。この快感、依存性がある！

ファッションも刺激的。Cはズンバといえどもみなさん、正しいスポーツウェアのため、私も合わせておとなしめにし、派手めのウェアも実は持っているが、封印していた。

Aの参加者もCと同じくシニアがほとんどだが、概してカラフルで露出度が高い。腰にシャツを巻きつけ、キャップを後ろ前にかぶり、ストリート系にしている人も。Cの延長で地味にしていた私は「輝かなきゃだめよ」と言われてしまった。老後の不安についての文章を読んでくれていた人からは、「年金生活になるのを考えて、みたいに書いていたけど、なってから考えればいいじゃない」。

決断した。AとCのふたつに通う。AにはAの楽しさがある。費用削減どころか増加するが、節約は他でしよう。

「好き」を続けて行けるところまで行ってみる。そう心を決めたのである。

〈初出一覧〉（五十音順）

＊本書は次の掲載紙・誌の文章を大幅に加筆修正したものと、書き下ろし原稿からなる。

「ＮＨＫ学園令和2年度『句会コース』学習副教材」　２０２０年6月回、9月回、12月回、２０２１年3月回
「ＮＨＫ俳句」　ＮＨＫ出版、２０１８年11月号
「おとなの健康」　オレンジページ、２０１９年5月16日／Ｖｏｌ．11、２０２０年1月16日／Ｖｏｌ．14
「華藏界」　臨済宗建仁寺派宗務本院、２０２１年3月20日、第53号
「原子力文化」　日本原子力文化財団、２０１９年12月号、２０２０年1月号
「青春と読書」　集英社、２０２０年10月号
「日本経済新聞」　２０１９年4月4日〜２０２０年2月27日夕刊
「ノジュール」　ＪＴＢパブリッシング、２０２０年5月号
「俳句」　角川文化振興財団、２０１３年5月号、２０１６年2月号、4月号
「俳句四季」　東京四季出版、２０１８年7月号
「マミークラン」　森永乳業、２０２０年1月号
「読売新聞」　２０１９年11月17日

岸本葉子

エッセイスト。1961年、神奈川県鎌倉市生まれ。東京大学教養学部卒業。会社勤務を経て、中国・北京に留学。帰国後、執筆活動に入る。ライフスタイルの提案や旅のエッセイなどで、広い年代から支持を得ている。著書に『がんから始まる』(文春文庫)、『エッセイの書き方 読んでもらえる文章のコツ』(中公文庫)、『モヤモヤするけどスッキリ暮らす』(中央公論新社)、『ひとり上手』(だいわ文庫)、『岸本葉子の「俳句の学び方」』(NHK出版)、初の句集『句集 つちふる』(角川書店)など多数。

講談社+α《プラスアルファ》新書 14-2 D

60歳《さい》、ひとりを楽《たの》しむ準備《じゅんび》

人生を大切に生きる53のヒント

岸本葉子《きしもとようこ》

2022年3月16日第1刷発行

発行者―――― 鈴木章一

発行所―――― 株式会社 講談社
東京都文京区音羽2-12-21 〒112-8001
電話 編集(03)5395-3522
販売(03)5395-4415
業務(03)5395-3615

デザイン―――― 鈴木成一デザイン室

写真(著者近影以外)- 大坪尚人

カバー印刷―――― 共同印刷株式会社

印刷―――― 株式会社新藤慶昌堂

製本―――― 牧製本印刷株式会社

KODANSHA

ISBN978-4-06-526958-9